10대,
소설로 배우는
인간관계
익힘책 │심화편

평화를
만드는
소설 읽기

따돌림사회연구모임 서사교육팀 씀

작은숲

차례

■ 부록

익힘책은 이렇게 사용하세요

▶ **익힘책의 목적**

1. 학생들의 평화 역량을 길러주기 위해

2. 능동적이고 주체적인 독서 감상 방법을 배우기 위해

3. 《10대, 소설로 배우는 인간 관계》를 읽고 효율적인 독서를 하기 위해

▶ **익힘책의 구성**

1. 기본 활동 | 국어 교과가 아닌 다른 교과에서도 손쉽게 접근할 수 있는 독후 활동

● 기본 내용 파악하기

질문과 해답으로 내용 이해하기, 읽은 후의 느낌 떠올리기, 소설의 플롯을 파악하기, 작품의

콘셉트 찾기

● 길잡이(이렇게 읽어 보세요) 읽고 성찰하기

길잡이 글을 읽은 후 변화된 생각이나 성찰한 내용을 글로 표현하기

2. 심화 활동 | 주로 국어 교과에서 할 수 있는 깊이 있는 소설 분석 활동

● 소설 요소 분석하기

인물의 유형, 욕망, 사회적 · 역사적 배경과 사상 분석하기, 콘셉트 도출하기 (소설의 플롯은

기본 활동에서 미리 분석)

● 소설 재창작하기

소설을 분석한 내용을 바탕으로 소설 재창작, 재구성하기

▶ **익힘책의 활용 방법**

1. 익힘책의 내용은 선생님의 의도나 수업 상황, 학교급(중학교, 고등학교)에 따라 다양한

방식으로 바꾸어서 활용할 수 있습니다.

2. 익힘책의 질문은 되도록 모두 답해 보는 것이 좋지만, 필요에 따라 생략하거나 다른 질문을 추가할 수 있습니다.

3. 길잡이 '이렇게 읽어 보세요'는 학생들이 평화와 폭력에 대해 성찰할 수 있는 글입니다. 글을 읽은 후 생각의 변화에 중점을 두어 독서활동 하기를 권합니다.

4. 기본 활동만으로 충분히 독서 감상 활동이 가능합니다. 그러나 조금 더 깊이 있게 읽고 싶다면 심화 활동까지 해 보기를 권장합니다.

5. 효과적인 심화 활동을 위해서는 '심화 활동 알아보기'와 '부록'을 반드시 읽어 보시기 바랍니다.

- 수업 예시

1 차시	〈10대, 소설로 배우는 인간 관계〉 소설 읽기
2 차시	기본 내용 파악하기 - 1번
3 차시	기본 내용 파악하기 - 나머지 질문
4 차시	길잡이 읽고 성찰하기
5 차시	소설 요소 분석하기
6 차시	소설 재창작하기

- 매 차시 활동 내용 공유, 발표하기
- 고학년일수록 심화 활동 시도하기
- 차시는 수업 여건에 따라 조절 가능

1 차시	〈10대, 소설로 배우는 인간 관계〉 소설 읽기
2 차시	기본 내용 파악하기
3 차시	길잡이 읽고 성찰하기
4 차시	소설 요소 분석하기
5 차시	소설 재창작하기

- 매 차시 활동 내용 공유, 발표하기
- 고학년일수록 심화 활동 시도하기
- 차시는 수업 여건에 따라 조절 가능

1 심화 활동의 소설 읽기는?

- 학생이 주체가 되어 작품을 분석하고, 함축적 의미를 찾아내어 해석해 보는 소설 읽기

- 소설의 구성 요소인 인물, 욕망, 플롯, 배경, 사상(이데올로기)에 대해 분석한 후, 작품의

  콘셉트를 도출하기

- 소설 텍스트를 평화와 폭력의 관점에서 새롭게 바꾸어 쓰기

2 심화 활동의 소설 읽기 방법은?

1) 소설 요소 분석하기 : 평화와 폭력의 관점에 따라 소설의 구성 요소 분석하기

가. 인물의 유형(성격과 역할) 찾기

    ㉠ 성격 : 인물의 됨됨이, 인격, 성품.

    ● 성격 분류 예시

        강한가-약한가, 선한가-악한가, 적극적인가-소극적인가, 개입하는가-외면하는가, 개

        방적인가-고립되어 있는가, 성숙한가-미숙한가, 급한가-느린가, 참는가-터뜨리는가,

        능동적인가-수동적인가, 자기중심-타인중심, 지배-피지배, 타인지향-자기지향 등

    ● 그 밖의 성격 표현 : 온순하다, 교활하다, 우둔하다, 활기차다, 과묵하다, 잘난 척하다,

        섬세하다, 명랑하다, 겁이 많다, 이기적이다 등 다양한 묘사가 가능하다 등

    ㉡ 역할 : 이야기의 흐름 속에서 사건이 전개될 때 인물이 수행하는 역할.

    ● 다양한 역할 예시

        주인공, 나쁜 사람, 도움을 주는 역할, 방해하는 역할, 복수하는 역할, 판단하는 역할,

        이간질하는 역할, 적대자, 희생자, 가해자, 피해자, 고립형, 소외형, 방관자, 방조자,

        처벌자, 중개자, 문제 해결자 등

---

* 심화 활동에 대한 자세한 설명은 책 뒤쪽 부록을 참고.

● 〈흥부전〉 인물 유형 분석의 예

· 흥부 : 주인공, 선한 인물, 가난하지만 착한 심성으로 결국은 보상을 받는다.

· 놀부 : 성격상 흥부와 대립되는 인물, 악한 인물, 심술과 탐욕으로 결국 가진 것을 모두 잃지만 흥부에게 구원을 받는다.

· 제비 : 도움을 주는 역할, 주인공 흥부를 부자로 만든다.

나. 인물의 욕망 분석하기

욕망이란 인간의 심리, 행위, 성격, 감정의 근간에 놓인 욕구입니다. 소설 속의 갈등은 인간의 욕망과 세계와의 대결 사이에서 발생하는 것이므로 욕망을 이해하는 것은 인간의 삶을 이해하는 길입니다. 소설에서는 생리적 욕망, 물질적 욕망 등이 다양하게 형상화되지만 그 이면에는 인정욕망이 존재합니다. 사회적 존재로서 인간의 욕망은 인정욕망, 평화욕망, 의미욕망 세 가지로 분류할 수 있습니다.

㉠ 인정욕망

인간의 관계망 속에서 생기는, 타자에게 인정받으려는 욕망을 말합니다. 인정욕망은 선도 악도 아니지만, 인정을 얻기 위해 인간이 어떤 방법을 선택하느냐에 따라 선과 악으로, 혹은 긍정적이거나 부정적인 방향의 삶으로 갈립니다. 인정욕망은 사회적으로 소속감, 지위, 명예, 모욕, 무시, 폭력, 배제, 교류, 소속, 고립회피, 친밀감, 우정, 사랑, 상벌, 칭찬, 지지, 튀는 행위, 인기, 수치심, 비교에 따르는 우열감, 질투, 갑질, 센 척과 같은 다양한 행위와 정서로 표출됩니다.

㉡ 평화욕망

평화롭고 화목한 세상을 추구하는 욕망. 폭력에 대한 두려움 없이 평등(상호권리인정)하고 화목하게 살고자 하는 욕망으로 나타납니다. 평화욕망이 강한 사람들은 타인과의 평등한 관계를 유지하면서 타인과 공동체에 피해를 주지 않고 인정욕망을 충족시키고자 합니다.

ⓒ 의미욕망

삶을 의미 있고 가치 있게 살고자 하며, 주체적인 선택을 통해 바람직한 삶을 추구
하려는 욕망입니다. 의미욕망은 남이 알아주건 그렇지 않건 사회적으로 기여하고
싶은 욕망으로 나타납니다. 물론 의미욕망은 인정욕망을 동반할 수 있습니다.

● 〈흥부전〉 인물의 욕망 분석 예

· 놀부 : 인정욕망의 화신. 질투심, 경멸, 폭력, 탐욕, 센 척 등으로 가득 차 있다. 그
가 평화욕망, 의미욕망을 추구하는 장면은 거의 드러나지 않는다.

· 흥부 : 가족의 화목, 형제간의 우애, 더불어 사는 세상을 추구하려 한다. 약자를 보
호하고, 평화롭게 문제를 해결하는 방식 등을 보았을 때 평화욕망, 의미욕
망을 가진 인물이라고 볼 수 있다.

다. 플롯(이야기의 흐름) 분석하기

플롯은 작품 속에 있는 사건들의 배열을 말합니다. 소설 속 사건들은 전체 이야기 속에
서 유기적인 관계를 맺고 있습니다. 보통 이야기의 흐름은 사건이 발생되고 전개되다
가 클라이맥스를 맞은 후 사건이 해결되며 마무리 됩니다. 작가의 입장에서 보면 이야
기의 처음과 끝을 어떻게 할 것인가, 그리고 그 중간에 몇 번의 우여곡절을 넣어 전개시
킬 것인가를 고려하여 이야기를 창작하는 것이라고 설 명할 수 있습니다. 작가는 플롯
안의 사건 배열을 통해 전달하려는 메시지(콘셉트)를 담습니다.

플롯을 파악하기 위해서는 처음과 끝의 장면(사건)은 무엇인지, 그 사이에 중요한 장면(사
건)은 무엇이고, 그것을 통해 작가가 무엇을 말하고자 했는지를 파악해 보아야 합니다.

라. 배경과 사상 찾기

㉠ 배경 : 작품 창작에 영향을 끼친 시대적 특성, 작품 속에 반영된 시대적(사회적, 역사
적, 문화적) 배경

ⓒ 사상(思想) : 소설을 분석할 때의 사상이란 이데올로기를 포함한 개념으로, 사람들의 사고방식, 가치관, 행동, 신념에 영향을 주는 사상, 세계관, 종교관, 가치관, 체제, 이념 등 다양한 사고 체계 혹은 인식 체계를 말합니다. 문학은 그 사회를 반영하고 작가는 시대적 배경과 사상에서 자유로울 수 없습니다. 바꾸어 말하면 소설의 의미를 조금 더 깊이 이해하기 위해서 한 번쯤은 작품에 반영된 시대적 배경과 사상을 파악해 보아야 한다는 것입니다. 그러나 다양한 시대적 배경이나 사상을 제대로 안다는 것, 작가의 삶과 사상에 대해서 잘 안다는 것은 쉽지 않은 일입니다. 그렇지만 어렵더라도 가치 있는 일이므로 조금이라도 시도해보는 것이 좋을 것입니다. 왜냐하면 배경과 사상을 아는 만큼 작가가 전달하려는 바에 더 가까워질 수 있기 때문입니다.

● 다양한 사상과 이데올로기의 예 **

가부장제, 전체주의, 군국주의, 민족주의, 민주주의, 사회주의, 식민주의, 공산주의, 자유주의, 공화주의, 좌익, 우익, 보수주의, 진보주의, 신자유주의, 페미니즘, 남성중심주의, 권위주의, 가족주의, 국가주의, 자유주의, 자본주의, 실존주의, 허무주의, 쾌락주의, 이상주의, 상대주의, 절대주의, 생태주의, 계몽주의, 봉건주의, 인종주의, 합리주의, 낭만주의, 계급주의(갑질), 기독교적 세계관, 유교사상, 불교사상, 도교사상, 무속신앙 등

● 〈흥부전〉의 배경과 사상 분석 예시

　· 배경 : 당시 시대상은 형제간에도 빈부의 격차가 심화된 세상이었을 것 같다. 형제간에도 우애도 많이 사라진 상황이었던 것으로 보인다.

　· 사상 : 흥부전은 형제간의 우애를 강조하는 유교적 사상과 불교적 사상(비폭력, 무저항, 자비, 생명 중시)이 결합된 소설 같다.

** 　여러 가지 이데올로기의 예시는 책 뒤쪽의 부록에 제시함.

마. 콘셉트(메시지) 찾기

콘셉트란 소설의 주제를 '구체적으로 어떤 방향과 방법으로 풀어나갈 것인가'에 해당하는 개념으로 작품을 창작하는 입장에서, 작가가 전달하려는 구체적인 메시지에 해당합니다. 작가는 인물, 사건, 플롯 등을 통해 구체적으로 콘셉트를 만들어 갑니다. 콘셉트를 알기 위해서는 작가에게 누군가(또는 자기 자신이) 인생에 대한 어떤 질문이나 의문을 표시했고, 작가는 그것에 답하기 위해 소설을 썼다고 가정하면 도움이 될 것입니다. 그 질문과 의문을 찾아서 그에 대해 작가가 소설을 통해 어떤 식으로 답했는가를 찾아내는 것이 콘셉트 찾기입니다.

● 〈흥부전〉의 콘셉트 예시

권선징악이라는 주제에 대해 이 소설은 '가난하지만 언제나 선하게 산 사람은 언젠가는 복을 받고, 지금은 부유하지만 악하게 산 사람은 언젠가는 벌을 받는다'라는 콘셉트를 가진 것으로 볼 수 있다.

2) 소설 재창작하기 : 평화와 폭력의 관점에 따라 소설의 내용 재구성, 재창작하기

- 독자가 작가가 되어 새로운 이야기로 바꾸는 활동. 앞에서 분석한 내용을 바탕으로 소설 속에 그려진 폭력적인 세계를 평화적인 이야기로 다시 쓰기
- 평화와 폭력의 관점에서 보았을 때 소설에서 미처 그려지지 않은 부분, 숨겨져서 드러나지 못한 부분, 잘못 그려졌다고 판단되는 부분, 왜곡된 부분 등을 찾아서 바르게 고쳐보기

가. 재창작 방법

㉠ 등장인물의 유형, 역할 바꾸기, 새로운 인물 등장시키기

㉡ 인물의 욕망 변화시키기, 인물이 욕망에 대해 성찰하게 하기

㉢ 플롯 바꾸기(결말 바꾸기, 갈등의 전개 과정 바꾸어 보기 등)

㉣ 배경이나 사상 바꾸기

㉤ 콘셉트 바꾸기

㉥ 서술자 바꾸기(시점 바꾸기)

자기만 알던 거인

기본
활동
 기본 내용 파악하기 〈자기만 알던 거인〉을 읽고 다음 활동을 해 보자.

1 　소설을 읽고 나서 떠오르는 질문을 적어봅시다. 이해가 되지 않았던 내용, 의문점, 인물의 심리나 소설의 핵심 파악에 필요하다고 생각되는 내용 등을 질문으로 만들 수 있습니다. 질문을 만든 후 나름대로 답을 적어보세요.

1) 질문 :

답 :

2) 질문 :

답 :

2 　소설을 읽고 나서 어떤 느낌이 들었나요? 그 이유는 무엇인가요? 이야기의 배경, 분위기, 전개 과정, 인물의 심리 등과 관련하여 느낀 감정이나 떠오른 생각을 적어 봅시다.

3 1)~2) 중 하나를 선택하여 소설의 플롯을 분석해 봅시다. (단, 장면 수는 줄이거나 늘릴 수 있다.)

1) 소설의 주요 장면을 선정하여 그림(만화)으로 표현하기

2) 소설의 주요 장면을 선정하여 글로 설명하기

[1]	
[ ]	
[ ]	
[ ]	
[ ]	

◆ 소설의 처음과 끝 사이에서 가장 중요하다고 생각되는 구절이나 장면(사건)은? 그 이유는?

_____

_____

_____

4 이 소설이 전달하려는 콘셉트(메시지)는 무엇이라고 생각하나요? 한두 문장으로 표현해 봅시다.

_____

_____

길잡이 읽고 성찰하기) 길잡이 '외로운 강자를 구한 약자'를 읽고 아래의 활동을 해 보자.

1 길잡이에서 가장 인상적인 부분이나 구절은? 그 이유는 무엇인가요?

----

2 길잡이의 내용 중 자신의 생각과 다른 점이나 의문점이 있다면 적어 보세요.

----

3 내가 작가라면 소설의 내용 중 어디를 바꾸고 싶은가요? 바꾸고 싶은 부분을 적고, 그 이유를 써 봅시다.

----

4   우리가 생활하는 교실이나 사회에서도 거인처럼 외로운 강자들이 존재합니다. 이러한 사람들을 보다 따뜻하고 인간적인 모습으로 변화시키기 위해서는 여러 사람들의 노력이 필요할 것입니다. 내 주변에, 혹은 우리 사회에 외로운 강자는 없는지 살펴보고, 그들을 변화시키기 위해서는 어떤 노력이 필요한지 적어 봅시다.

_____

5   소설을 읽고 느낀 점을 바탕으로 작가나 등장 인물에게 하고 싶은 이야기를 편지 형식으로 써 봅시다.

_____

소설 요소 분석하기 > 길잡이 '외로운 강자를 구한 약자'를 참고하여 소설의 내용을 더 깊이 이해
해 보자.

1 '평화와 폭력'이라는 시각에서 볼 때, 등장인물들은 어떤 유형일까요? 이 소설을 드라마로 만들
기 위해 시나리오 대본을 만든다면, 등장인물을 어떻게 소개할지 써 봅시다.

◆ 거인 :
....
....
....

◆아이들 :
....
....
....
....

2 이야기 속 갈등과 관련하여 '거인'과 '아이들'의 생각 이면에 자리잡은 욕망은 무엇일까요?

◆ 거인 - 거인이 담장을 허물고 아이들을 들어와 놀게 하기까지 그의 변화된 심리와 욕망이 드러
나도록 내적 독백의 형식으로 그의 마음을 표현해 봅시다.
(처음부터 거인이 원하는 것은? 거인의 행동(생각)이 바뀐 이유는? 마지막에 거인의 욕망은 무
엇일까?)

◆ 아이들

(정원에서 노는 아이들이 진정으로 원하는 것은?)

3   문학은 그 사회를 반영한다고 합니다. 이 소설에서 거인과 아이들은 사람과 어울리고 관계를 맺는 방식이 서로 너무 다릅니다. 거인과 아이들의 사고방식과 행동에 영향을 미친 사상은 무엇일까요? 익힘책 뒤쪽 부록에서 제시한 다양한 사상을 참고하여 인물의 사고방식(가치관, 종교, 정치사상 등)에 대해 알아 봅시다.

4   위의 1~3번을 토대로 소설의 콘셉트(메시지)를 다시 써 봅시다.*

---

* 기본 내용 파악하기의 4번 콘셉트(메시지) 찾기와 비교해서 달라진 점을 써보는 활동.

소설 재창작하기 평화와 폭력의 관점에서 소설의 내용을 재창작해 보자.

1　1)~6) 중 하나 이상을 선택하여 이야기를 바꾸어 봅시다.

- 줄거리식의 간단한 서술보다 소설 속 장면처럼 구체적으로 표현할 것.

- 두세 가지의 조건을 합하거나 1)~6) 모든 조건을 합하여 재창작하는 것도 가능함.

- 이야기의 진실성을 드러낼 것, 황당무계하거나 개연성 없는 막무가내식의 이야기는 피할 것, 되도록 바람직하고 평화로운 결말로 맺을 것.

1) 소설의 콘셉트를 바꾸어 보자.

2) 새로운 인물을 등장시켜 이야기를 바꾸어 보자.

　　예 거인과 같은 처지의 또 다른 거인이 등장한다면?

3) 등장 인물의 욕망이나 그의 행위를 바꾸어 보자.

　　예 거인이 자신의 정원을 끝까지 혼자 독차지하려고 했다면?

　　　거인이 좀 더 일찍 평화욕망을 추구하고 세상을 바꾸려 했다면?

4) 소설의 플롯을 바꾸어 보자.

　- 앞의 기본 내용 파악하기에서 했던 플롯 분석을 바탕으로 장면 바꾸기, 장면 추가하기, 결말 바꾸기 등을 해 보기

5) 작품에 반영된 시대적 배경이나 사상을 바꾸어 이야기를 만들어 보자.

　　예 현대, 대한민국으로 배경을 바꾼다면?

6) 소설의 서술자를 바꾸어 써 보자.　예 아이들의 입장에서 다시 쓰기

2   소설 재창작하기를 한 후 새로 투입된 인물, 욕망·행동이 변화된 인물, 주요 등장인물 중 하나
에게 시 형식의 편지를 써 봅시다.

헌신적인 친구

기본 내용 파악하기 〈헌신적인 친구〉를 읽고 다음 활동을 해 보자.

1 소설을 읽고 나서 떠오르는 질문을 적어봅시다. 이해가 되지 않았던 내용, 의문점, 인물의 심리나 소설의 핵심 파악에 필요하다고 생각되는 내용 등을 질문으로 만들 수 있습니다. 질문을 만든 후 나름대로 답을 적어보세요.

1) 질문 :

답 :

2) 질문 :

답 :

2. 소설을 읽고 나서 어떤 느낌이 들었나요? 그 이유는 무엇인가요? 이야기의 배경, 분위기, 전개 과정, 인물의 심리 등과 관련하여 느낀 감정이나 떠오른 생각을 적어 봅시다.

3 1)~2) 중 하나를 선택하여 소설의 플롯을 분석해 봅시다. (단, 장면 수는 줄이거나 늘릴 수 있다.)

1) 소설의 주요 장면을 선정하여 그림(만화)으로 표현하기

2) 소설의 주요 장면을 선정하여 글로 설명하기

[1]	
[ ]	
[ ]	
[ ]	
[ ]	

◆ 위 장면 중 가장 중요하다고 생각하는 것을 고르고, 그 이유를 써 봅시다.

_____

_____

_____

4 이 소설이 전달하려는 콘셉트(메시지)는 무엇이라고 생각하나요? 한두 문장으로 표현해 봅시다.

_____

_____

길잡이 읽고 성찰하기) 길잡이 '우정을 가장한 불평등한 관계'를 읽고 아래의 질문에 답해 보자.

1 길잡이에서 가장 인상적인 부분이나 구절은? 그 이유는 무엇인가요?

2 길잡이의 내용 중 자신의 생각과 다른 점이나 의문점이 있다면 적어 보세요.

3 내가 작가라면 소설의 내용 중 어디를 바꾸고 싶은가요? 바꾸고 싶은 부분을 적고, 그 이유를 써 봅시다.

4 아래 질문을 참고하여 ① 한스와 밀러의 '우정'에 대해 평가하고, ② 내가 생각하는 우정이란 무엇인지 적어 봅시다.

- 우정에 헌신이라는 가치가 존재한다면 어느 선까지일까요?
- 한스와 밀러의 우정을 진정한 우정이라고 할 수 있을까요? 잘못된 점은 무엇일까요?
- 자신이 생각하는 진정한 우정이란 무엇인가요?
- 나의 주변에 한스나 밀러와 같은 친구가 존재한다면 어떤 조언을 해 줄 수 있나요?

5 소설을 읽은 후의 깨달음을 바탕으로 작가나 등장 인물에게 하고 싶은 이야기를 편지 형식으로 써 봅시다.

소설 요소 분석하기 길잡이 '우정을 가장한 불평등한 관계'를 참고하여 소설의 내용을 더 깊이 이해해 보자.

1 이 소설을 한 편의 연극으로 상연하려고 합니다. 등장인물이 직접 자기 소개를 하는 장면을 넣는다면, 인물들은 스스로를 어떻게 소개할까요? 주요 인물을 선정하고 각자의 성격과 역할을 참고하여 소개하는 말을 써 봅시다.

_____

_____

_____

_____

_____

_____

_____

_____

2 등장인물의 행동과 생각 속에 자리잡은 욕망은 무엇인지 생각해 봅시다.

◆ 밀러는 한스를 어떻게 대했나요? 그의 행동 이면에는 어떤 욕망이 있었을까요? 아래의 질문을 바탕으로 분석해 봅시다.

- 밀러에게 손수레는 어떤 수단이었나?

- 그의 행동과 그가 말하는 우정 논리(우정론)를 평가한다면?

- 한스가 죽은 후 밀러의 행동을 통해 드러난 밀러의 욕망은?

◆ 한스는 밀러를 어떻게 대했나요? 그의 행동 이면에는 어떤 욕망이 있었을까요? 아래의 질문을 바탕으로 분석해 봅시다.

- 한스에게 손수레는 어떤 의미를 가진 물건이었을까?
- 한스는 밀러의 '우정론'을 듣고 어떻게 생각하고 행동했나?
- 한스가 살아 있을 때 가장 중요하게 생각한 것은 무엇일까?

3 밀러와 한스는 서로가 진정한 우정을 나누는 친구라고 생각했을지도 모릅니다. 한스의 죽음이나 장례식에서 밀러의 행동을 보면 말이지요. 이들을 지배하고 있는 사고방식이 무엇이길래 이런 비극이 벌어 졌을까요? 책 뒤쪽의 부록을 참고하여 등장인물의 사고방식(가치관, 사상 등)은 무엇인지 알아 봅시다.

4 위의 1~3번을 토대로 소설의 콘셉트(메시지)를 다시 써 봅시다.

소설 재창작하기) 평화와 폭력의 관점에서 소설의 내용을 재창작해 봅시다.

1   1)~6) 중 하나 이상을 선택하여 이야기를 바꾸어 봅시다.

- 줄거리식의 간단한 서술보다 소설 속 장면처럼 구체적으로 표현할 것.

- 두세 가지의 조건을 합하거나 1)~6) 모든 조건을 합하여 재창작하는 것도 가능함.

- 이야기의 진실성을 드러낼 것, 황당무계하거나 개연성 없는 막무가내식의 이야기는 피할 것, 되도록 바람직하고 평화로운 결말을 맺을 것

1) 소설의 콘셉트를 바꾸어 보자.

2) 새로운 인물을 등장시켜 이야기를 바꾸어 보자.

   예 한스나 밀러에게 올바른 조언을 하는 친구가 있다면?

3) 등장 인물의 욕망이나 그의 행위를 바꾸어 보자.

   예 한스가 밀러의 부탁을 거절했다면 이야기의 결말은 어떻게 바뀌었을까?

   예 한스가 밀러와의 관계를 돌아보고 갈등하며 자신의 언행을 성찰하는 장면이 있다면 이야기는 어떻게 변할까?

4) 소설의 플롯을 바꾸어 보자.

   - 앞의 기본 내용 파악하기에서 했던 플롯 분석을 바탕으로 장면 바꾸기, 장면 추가하기, 결말 바꾸기 등을 해 보기

5) 작품에 반영된 사상(이데올로기)을 바꾸어 이야기를 만들어 보자.

   예 '한스'가 '밀러'의 '우정론'을 무비판적으로 받아들이지 않고, 비판적, 저항적인 자세로 대응했다면 이야기는 어떻게 변할까?

6) 소설의 서술자를 바꾸어 써 보자.

   예 한스나 밀러, 밀러의 아들, 마을 사람들 중 한 사람, 의사 중 한 명의 시각에서 이야기를 다시 쓰기

2 이 소설에 대한 독후 활동을 한 후 인간 관계, 인간의 욕망에 대해 얻은 깨달음이나 이야기를 바꿔 본 소감을 써 봅시다.

어느 관리의 죽음

기본 내용 파악하기 〈어느 관리의 죽음〉을 읽고 다음 활동을 해보자.

1 소설을 읽고 나서 떠오르는 질문을 적어봅시다. 이해가 되지 않았던 내용, 의문점, 인물의 심리나 소설의 핵심 파악에 필요하다고 생각되는 내용 등을 질문으로 만들 수 있습니다. 질문을 만든 후 나름대로 답을 적어보세요.

1) 질문 :

답 :

2) 질문 :

답 :

2 소설을 읽고 나서 어떤 느낌이 들었나요? 그 이유는 무엇인가요? 이야기의 배경, 분위기, 전개 과정, 인물의 심리 등과 관련하여 느낀 감정이나 떠오른 생각을 적어 봅시다.

3 1)~2) 중 하나를 선택하여 소설의 플롯을 분석해 봅시다. (단, 장면 수는 줄이거나 늘릴 수 있다.)

1) 소설의 주요 장면을 선정하여 그림(만화)으로 표현하기

2) 소설의 주요 장면을 선정하여 글로 설명하기

[1]	
[　]	
[　]	
[　]	
[　]	

◆ 소설 내용 중 가장 인상적인 구절(장면)을 찾아 옮겨 적고, 그 이유를 써 봅시다.

_____

_____

_____

4 이 소설이 전달하려는 콘셉트(메시지)는 무엇이라고 생각하나요? 한두 문장으로 표현해 봅시다.

_____

_____

길잡이 읽고 성찰하기 길잡이 '타인의 시선에 얽매인 삶'을 읽고 아래의 활동을 해 보자.

1 길잡이에서 가장 인상적인 부분이나 구절은? 그 이유는 무엇인가요?

_____

_____

_____

_____

_____

2 길잡이의 내용 중 자신의 생각과 다른 점이나 의문점이 있다면 적어 보세요.

_____

_____

_____

_____

_____

3 내가 작가라면 소설의 내용 중 어디를 바꾸고 싶은가요? 바꾸고 싶은 부분을 적고, 그 이유를 써 봅시다.

_____

_____

_____

_____

_____

4 우리가 주로 생활하는 교실이나 더 넓은 사회에도 소설 속의 주인공처럼 남들의 시선에 얽매여 비주체적으로 사는 사람들이 많습니다. 나는 체르바코프처럼 행동한 적은 없는지, 혹은 내 주변에 체르바코프와 같은 사람들은 없는지 성찰해보고 깨달은 바를 써 봅시다.

5 소설을 읽은 후의 느낌이나 깨달음을 바탕으로 작가나 등장 인물에게 하고 싶은 이야기를 편지 형식으로 써 봅시다.

소설 요소 분석하기 길잡이 '타인의 시선에 얽매인 삶'을 참고하여 소설의 내용을 더 깊이 이해
해 보자.

1 '주체적인 삶과 비주체적인 삶'이라는 시각에서 볼 때, 등장인물들은 어떤 유형일까요? 각 인물
이 스스로 자기 소개를 한다면 어떻게 할지 각 인물의 성격과 역할을 생각해 보며 소개하는 말을 써 봅
시다.

◆ 체르바코프 :

◆ 브리잘로프 :

2 소설 속 주요 장면에서 등장인물은 어떤 생각을 했을까요? 그 생각 이면에는 어떤 욕망이 자리
잡고 있을까요? 등장인물의 심리와 욕망이 드러나도록 내적 독백을 상상하여 써 봅시다.

체르바코프	브리잘로프
· 브리잘로프에게 찾아가 계속 사과할 때	· 체르바코프의 계속된 사과를 받을 때

3 문학은 그 사회를 반영한다고 합니다. 작품이 창작된 시대와 사회적 배경을 고려하여 등장 인물의 사고방식(가치관, 종교, 이데올로기, 정치 사상 등)에 대해 알아 봅시다.(책 뒤쪽 부록 참고)

◆ 인물의 사고방식이나 행동에 영향을 준 시대·사회적 배경과 사상은?

◆ 소설에서 어떻게 드러나고 있나요?

4 위의 1~3번을 토대로 소설의 콘셉트(메시지)를 다시 써 봅시다.

소설 재창작하기 〉 평화와 폭력의 관점에서 소설의 내용을 재창작해 봅시다.

1 1)~6) 중 하나 이상을 선택하여 이야기를 바꾸어 봅시다.

- 줄거리식의 간단한 서술보다 소설 속 장면처럼 구체적으로 표현할 것.

- 두세 가지의 조건을 합하거나 1)~6) 모든 조건을 합하여 재창작하는 것도 가능함.

- 이야기의 진실성을 드러낼 것, 황당무계하거나 개연성 없는 막무가내식의 이야기는 피할 것, 되도록 바람직하고 평화로운 결말을 맺을 것

1) 소설의 콘셉트를 바꾸어 보자.

2) 새로운 인물을 등장시켜 이야기를 바꾸어 보자.

　예 아내가 보다 더 적극적으로 행동하거나, 체르바코프와 같은 하급 관리지만 주체적이고 합리적인 사람이 등장한다면?

3) 등장 인물의 욕망이나 그의 행위를 바꾸어 보자.

　예 체르바코프가 지나치게 타인의 시선을 의식하지 않고 주체적으로 변했다면?

　　 브리잘로프가 하급관리를 좀더 인간적이고 합리적으로 대했다면?

4) 소설의 플롯을 바꾸어 보자.

- 앞의 기본 내용 파악하기에서 했던 플롯 분석을 바탕으로 장면 바꾸기, 장면 추가하기, 결말 바꾸기 등을 해 보기

5) 작품에 반영된 시대적 배경이나 사상을 바꾸어 이야기를 만들어 보자.

　예 현대, 대한민국으로 배경을 바꾼다면?

6) 소설의 서술자를 바꾸어 써 보자.　예 학교폭력에 노출된 아이들의 입장에서 다시 쓰기

2   이 소설에 대한 독후 활동을 한 후 인간 관계, 인간의 욕망에 대해 얻은 깨달음이나 이야기를 바꿔 본 소감을 써 봅시다.

라쇼몽

기본 내용 파악하기 〈라쇼몽〉을 읽고 아래의 질문에 답해 보자.

1 소설을 읽고 나서 떠오르는 질문을 적어봅시다. 이해가 되지 않았던 내용, 의문점, 인물의 심리나 소설의 핵심 파악에 필요하다고 생각되는 내용 등을 질문으로 만들 수 있습니다. 질문을 만든 후 나름대로 답을 적어보세요.

1) 질문 :

답 :

2) 질문 :

답 :

2 소설을 읽고 나서 어떤 느낌이 들었나요? 그 이유는 무엇인가요? 이야기의 배경, 분위기, 전개 과정, 인물의 심리 등과 관련하여 느낀 감정이나 떠오른 생각을 적어 봅시다.

3 1)~2) 중 하나를 선택하여 소설의 플롯을 분석해 봅시다. (단, 장면 수는 줄이거나 늘릴 수 있다.)

   1) 주요 장면을 중심으로 이야기의 흐름을 그림(만화)로 표현하기

   2) 소설의 주요 장면을 선정하여 글로 설명하기

[1]	
[ ]	
[ ]	
[ ]	
[ ]	

   ◆ 소설의 처음이나 마지막 부분에서 인상적인 구절을 찾아 옮겨 쓰고, 그 이유를 적어 봅시다.

   _____

   _____

   _____

4 이 소설이 전달하려는 콘셉트(메시지)는 무엇이라고 생각하나요? 한두 문장으로 표현해 봅시다.

   _____

   _____

길잡이 읽고 성찰하기 길잡이 '가해자가 되어 가는 길'을 읽고 아래의 질문에 답해 보자.

1 길잡이에서 가장 인상적인 부분이나 구절은? 그 이유는 무엇인가요?

2 길잡이의 내용 중 자신의 생각과 다른 점이나 의문점이 있다면 적어 봅시다.

3 내가 작가라면 소설의 내용 중 어디를 바꾸고 싶은가요? 바꾸고 싶은 부분을 적고, 그 이유를
써 봅시다.

4   우리가 생활하는 공간인 교실에서도 소설과 같은 상황이 자주 벌어집니다. 예를 들어 학교 규칙을 어기거나 공공의 선에 위배되는 행동을 할 때 '쟤도 하는데 나는 왜 안 돼?'라는 이유로 자신을 합리화 하는 것 말입니다. 혹시 자신은 이런 경험이 있는지, 주위의 친구들은 어떤지 돌아보고, 성찰한 바를 써 봅시다.

5   소설을 읽은 느낌을 바탕으로 작가나 등장 인물에게 하고 싶은 이야기를 편지 형식으로 써 봅시다.

소설 요소 분석하기 길잡이 '가해자가 되어 가는 길'을 참고하여 소설의 내용을 더 깊이 이해해 보자.

1 '평화와 폭력'이라는 시각에서 볼 때, 등장인물들은 어떤 유형일까요? 이 소설을 드라마로 만들기 위해 시나리오 대본을 만든다면, 등장인물을 어떻게 소개할지 써 봅시다.

◆ 하인 :

◆ 노파 :

◆ 죽은 시체 여인 :

◆ 하인의 주인 :

2 이야기 속 갈등과 관련하여 '하인'과 '노파'의 생각 이면에 자리잡은 욕망은 무엇일까요?

◆ 하인 - 그의 심리와 욕망이 드러나도록 내적 독백을 상상하여 써 봅시다.

라쇼몽에서 노파를 발견하기 전	노파를 발견하고 옷을 벗겨 달아날 때

◆ 노파 - 노파가 도둑질을 한 이유는? 도둑질을 하며 하인에게 한 변명은? 노파의 욕망은?

3   문학은 그 사회를 반영한다고 합니다. 작품이 창작된 시대의 역사적·사회적 배경을 고려하여
등장 인물의 사고방식(가치관, 종교, 이데올로기, 정치 사상 등)에 대해 알아 봅시다.(책 뒤쪽 부록 참고)

    ◆ 소설의 내용에 영향을 준 역사적, 사회적 배경

    ◆ 인물의 사고방식이나 행동과 관련이 있다고 생각되는 사상은? 어떻게 드러나고 있나요?

4   위의 1~3번을 토대로 소설의 콘셉트(메시지)를 다시 써 봅시다.

소설 재창작하기 ⟩ 평화와 폭력의 관점에서 소설의 내용을 재창작해 보자.

1   1)~6) 중 하나 이상을 선택하여 이야기를 바꾸어 봅시다.

- 줄거리식의 간단한 서술보다 소설 속 장면처럼 구체적으로 표현할 것.

- 두세 가지의 조건을 합하거나 1)~6) 모든 조건을 합하여 재창작하는 것도 가능함.

- 이야기의 진실성을 드러낼 것, 황당무계하거나 개연성 없는 막무가내식의 이야기는 피할 것, 되도록 바람직하고 평화로운 결말을 맺을 것

1) 소설의 콘셉트를 바꾸어 보자.

2) 새로운 인물을 등장시켜 이야기를 바꾸어 보자.

  예 라쇼몽에 하인과 같은 처지의 또 다른 인물이 등장한다면?

3) 등장 인물의 욕망이나 그의 행위를 바꾸어 보자.

  예 하인이 노파의 옷을 벗기기 전 자신이 할 행동을 한 번 더 성찰해 본다면?

    하인이 비교로 인한 인정욕망 대신 의미 욕망을 추구한다면?

4) 소설의 플롯을 바꾸어 보자.

- 앞의 기본 내용 파악하기에서 했던 플롯 분석을 바탕으로 장면 바꾸기, 장면 추가하기, 결말 바꾸기 등을 해 보기

5) 작품에 반영된 시대적 배경이나 사상을 바꾸어 이야기를 만들어 보자.

6) 소설의 서술자를 바꾸어 써 보자.

  예 노파, 또는 다른 등장인물의 시각에서 다시 쓰기

2 　내가 다시 쓴 이야기를 작가나 주인공에게 보낸다면 어떨까요? 이야기를 바꿔 써본 소감을 담아서 작가나 주인공에게 편지를 써 봅시다.

권구시합

〈권구시합〉을 읽고 아래의 질문에 답해 보자.

1　소설을 읽고 나서 떠오르는 질문을 적어봅시다. 이해가 되지 않았던 내용, 의문점, 인물의 심리나 소설의 핵심 파악에 필요하다고 생각되는 내용 등을 질문으로 만들 수 있습니다. 질문을 만든 후 나름대로 답을 적어보세요.

　1) 질문 :
　　_____

　답 :
　　_____
　　_____

　2) 질문 :
　　_____

　답 :
　　_____
　　_____
　　_____

2　소설을 읽고 나서 어떤 느낌이 들었나요? 그 이유는 무엇인가요? 이야기의 배경, 분위기, 전개 과정, 인물의 심리 등과 관련하여 느낀 감정이나 떠오른 생각을 적어 봅시다.

　　_____
　　_____
　　_____
　　_____
　　_____

3　1)~2) 중 하나를 선택하여 소설의 플롯을 분석해 봅시다. (단, 장면 수는 줄이거나 늘릴 수 있다.)

　1) 소설의 주요 장면을 선정하여 그림(만화)으로 표현하기

　2) 소설의 주요 장면을 선정하여 글로 설명하기

[1]	
[ ]	
[ ]	
[ ]	
[ ]	

◆ 소설 내용 중 가장 인상적인 구절(장면)을 찾아 옮겨 쓰고, 그 이유를 적어 봅시다.

4　이 소설이 전달하려는 콘셉트(메시지)는 무엇이라고 생각하나요? 한두 문장으로 표현해 봅시다.

길잡이 읽고 성찰하기 〉 길잡이 '집단의 위선을 이겨내는 진실 고백'을 읽고 아래의 활동을 해 보자.

1 길잡이에서 가장 인상적인 부분이나 구절은? 그 이유는 무엇인가요?

2 길잡이의 내용 중 자신의 생각과 다른 점이나 의문점이 있다면 적어 보세요.

3 내가 작가라면 소설의 내용 중 어디를 바꾸고 싶은가요? 바꾸고 싶은 부분을 적고, 그 이유를 써 봅시다.

4   '정직'이란 자신의 마음에서 거짓이 없고 꾸밈없는, 바르고 곧은 마음을 말합니다. 그러나 종종 우리는 개인 또는 집단의 이익을 위해 정직하지 못한 상황을 맞닥뜨리기도 합니다. 거짓 없는 정직한 삶을 살아가기 위해선 진실을 드러내고, 밝히는 용기가 필요합니다. 또한 정직한 말을 하는 것을 가치 있게 인정하고 수용하는 분위기가 형성되어야 합니다. 거짓보다 정직한 말이 인정받는 평화로운 교실을 만들기 위하여 우리가 실천할 수 있는 학급 규칙을 세워봅시다.

5   소설을 읽은 소감이나 깨달음을 바탕으로 작가나 등장 인물에게 하고 싶은 이야기를 편지 형식으로 써 봅시다.

길잡이 '집단의 위선을 이겨내는 진실 고백'을 참고하여 소설의 내용을 더 깊이 이
해해 보자.

1 '진실 밝히기 VS 진실 은폐(왜곡, 타협)'이라는 시각에서 볼 때, 등장인물들은 어떤 유형일까요?
학교를 배경으로 한 드라마를 제작한다고 할 때, 등장 인물들은 어떤 캐릭터로 그려야 할지 생각해 보
고, 주요 인물을 선정하여 인물들의 캐릭터를 설명해 봅시다.

◆ (　　　　　　)

◆ (　　　　　　)

◆ (　　　　　　)

◆ (　　　　　　)

2 소설 속 주요 장면에서 등장인물은 어떤 생각을 했을까요? 그 생각 이면에는 어떤 욕망이 자리
잡고 있을까요? 등장인물의 심리와 욕망이 드러나도록 내적 독백을 상상하여 써 봅시다.

일성	
첫 시합에서 아웃인데 세이프라 하며 사실대로 말하지 못함.	두 번째 시합 후, 선생님에게 진실을 밝히려고 함.

기수	갑동
진실을 알고 있지만, 선생님에게 세이프라고 거짓말 함.	일성이에게 아웃이라는 사실을 듣고도 덮어 버리고 두 번째 시합을 밀어붙임.

3　문학은 그 사회를 반영한다고 합니다. 작품이 창작된 시대의 역사적·사회적 배경을 고려하여 등장 인물의 사고방식(가치관, 종교, 이데올로기, 정치 사상 등)에 대해 알아 봅시다.(책 뒤쪽 부록 참고)

◆ 인물의 사고방식이나 행동에 영향을 준 사상은? 소설에서 어떻게 드러나고 있나요?

_____

_____

_____

_____

_____

_____

4　위의 1~3번을 토대로 소설의 콘셉트(메시지)를 다시 써 봅시다.

_____

_____

_____

_____

소설 재창작하기 평화와 폭력의 관점에서 소설의 내용을 재창작해 보자.

1 1)~6) 중 하나 이상을 선택하여 이야기를 바꾸어 봅시다.

- 줄거리식의 간단한 서술보다 소설 속 장면처럼 구체적으로 표현할 것.

- 두세 가지의 조건을 합하거나 1)~6) 모든 조건을 합하여 재창작하는 것도 가능함.

- 이야기의 진실성을 드러낼 것, 황당무계하거나 개연성 없는 막무가내식의 이야기는 피할 것, 되도록 바람직하고 평화로운 결말을 맺을 것

1) 소설의 콘셉트를 바꾸어 보자.

2) 새로운 인물을 등장시켜 이야기를 바꾸어 보자.

　예 기수네 편에 시합의 승리를 중요하게 생각하는 힘이 센 아이가 있다면?

3) 등장 인물의 욕망이나 그의 행위를 바꾸어 보자.

　예 일성이가 인정욕망을 추구했다면?

　기수가 일성이를 설득하여 아이들에게 사실을 말했다면?

4) 소설의 플롯을 바꾸어 보자.

- 앞의 기본 내용 파악하기에서 했던 플롯 분석을 바탕으로 장면 바꾸기, 장면 추가하기, 결말 바꾸기 등을 해 보기

5) 작품에 반영된 시대적 배경이나 사상을 바꾸어 이야기를 만들어 보자.

6) 소설의 서술자를 바꾸어 써 보자.　예 기수의 입장에서 다시 쓰기

2 소설 재창작하기를 한 후, 바꾸어 쓴 작가로서 왜 그렇게 바꾸었는지 이유와 바꾸어 쓴 소감을 적어 봅시다.

나비를 잡는 아버지

기본 내용 파악하기 〈나비를 잡는 아버지〉를 읽고 다음 활동을 해보자.

1   소설을 읽고 나서 떠오르는 질문을 적어봅시다. 이해가 되지 않았던 내용, 의문점, 인물의 심리나 소설의 핵심 파악에 필요하다고 생각되는 내용 등을 질문으로 만들 수 있습니다. 질문을 만든 후 나름대로 답을 적어보세요.

     1) 질문 :
_____

     답 :
_____

_____

     2) 질문 :
_____

     답 :
_____

_____

2   소설을 읽고 나서 어떤 느낌이 들었나요? 그 이유는 무엇인가요? 이야기의 배경, 분위기, 전개 과정, 인물의 심리 등과 관련하여 느낀 감정이나 떠오른 생각을 적어 봅시다.

_____

_____

_____

_____

_____

3 1)~2) 중 하나를 선택하여 소설의 플롯을 분석해 봅시다. (단, 장면 수는 줄이거나 늘릴 수 있다.)

1) 소설의 주요 장면을 선정하여 그림(만화)으로 표현하기

2) 소설의 주요 장면을 선정하여 글로 설명하기

[1]	
[　]	
[　]	
[　]	
[　]	

◆ 소설의 내용 중 가장 중요하다고 생각되는 구절(장면)을 찾아 옮겨 쓰고, 그 이유를 적어 봅시다.

_____

_____

_____

4 이 소설이 전달하려는 콘셉트(메시지)는 무엇이라고 생각하나요? 한두 문장으로 표현해 봅시다.

_____

_____

길잡이 읽고 성찰하기 길잡이 '부당한 권력에 대응하는 성숙한 태도'를 읽고 아래의 활동을 해
보자.

1 길잡이에서 가장 인상적인 부분이나 구절은? 그 이유는 무엇인가요?

2 길잡이의 내용 중 자신의 생각과 다른 점이나 의문점이 있다면 적어 보세요.

3 내가 작가라면 소설의 내용 중 어디를 바꾸고 싶은가요? 바꾸고 싶은 부분을 적고, 그 이유를
써 봅시다.

4 우리가 생활하는 교실이나 사회에서도 소설 속의 주인공처럼 부당한 권력의 횡포에 직면한 사람들이 많습니다. 만약 자신이 바우와 같은 처지에 놓였다면 어떻게 처신하는 것이 성숙한 태도라고 생각하나요? 바우의 입장이 되어 어떻게 행동하는 것이 현명한 것인지 써 봅시다.

5 소설을 읽은 후의 느낌이나 깨달음을 바탕으로 작가나 등장 인물에게 하고 싶은 이야기를 편지 형식으로 써 봅시다.

소설 요소 분석하기

갈잡이 '부당한 권력에 대응하는 성숙한 태도'를 참고하여 소설의 내용을 더 깊이 이해해 보자.

1 '평화와 폭력'이라는 시각에서 볼 때, 등장인물들은 어떤 유형일까요? 이 소설을 드라마로 만들기 위해 시나리오 대본을 만든다면, 주요 인물은 누구로 할지 선정하고, 그들을 소개하는 글을 써 봅시다.

◆ (   )

◆ (   )

◆ (   )

◆ (   )

2 이야기 속 갈등과 관련하여 '바우'와 '바우 아버지', '경환'의 생각 이면에 자리 잡은 욕망은 무엇일까요?

◆ 바우 - 그의 심리와 욕망이 드러나도록 내적 독백을 상상하여 써 봅시다.

경환에게 사과하기를 거부할 때	아버지가 나비를 잡는 것을 목격한 후

◆ 아버지 - 바우에게 사과를 강요하거나 나비를 잡는 행동에서 보았을 때 그의 욕망은?

```



```

◆ 경환 - 바우에게 갑질을 한 행동을 보았을 때 그의 욕망은?

```



```

3 문학은 그 사회를 반영한다고 합니다. 작품이 창작된 시대의 역사적·사회적 배경을 고려하여 등장 인물의 사고방식(가치관, 종교, 이데올로기, 정치 사상 등)에 대해 알아 봅시다.(책 뒤쪽 부록 참고)

◆ 소설 내용에 영향을 준 시대적·사회적 배경

◆ 인물의 사고방식이나 행동과 관련이 있다고 생각되는 사상은? 소설에서 어떻게 드러나고 있나요?

4 위의 1~3번을 토대로 소설의 콘셉트(메시지)를 다시 써 봅시다.

소설 재창작하기) 평화와 폭력의 관점에서 소설의 내용을 재창작해 보자.

1 1)~6) 중 하나 이상을 선택하여 이야기를 바꾸어 봅시다.
- 줄거리식의 간단한 서술보다 소설 속 장면처럼 구체적으로 표현할 것.
- 두세 가지의 조건을 합하거나 1)~6) 모든 조건을 합하여 재창작하는 것도 가능함.
- 이야기의 진실성을 드러낼 것, 황당무계하거나 개연성 없는 막무가내식의 이야기는 피할 것, 되도
록 바람직하고 평화로운 결말을 맺을 것

1) 소설의 콘셉트를 바꾸어 보자.
2) 새로운 인물을 등장시켜 이야기를 바꾸어 보자.
  예 지주나 마름의 부당한 횡포를 처벌하는 기관이나 사람이 등장한다면?
3) 등장 인물의 욕망이나 그의 행위를 바꾸어 보자.
  예 바우가 처음부터 자존심을 굽히고 경환에게 잘 보이려는 했다면?
  바우 아버지가 부당한 권력에 정면으로 저항했다면?
4) 소설의 플롯을 바꾸어 보자.
- 앞의 기본 내용 파악하기에서 했던 플롯 분석을 바탕으로 장면 바꾸기, 장면 추가하기, 결말 바
  꾸기 등을 해 보기
5) 작품에 반영된 시대적 배경이나 사상을 바꾸어 이야기를 만들어 보자.
  예 현대, 대한민국으로 배경을 바꾼다면?
6) 소설의 서술자를 바꾸어 써 보자.
  예 바우와 경환의 사건을 지켜본 아이들의 시각에서 다시 쓰기

2 소설 재창작하기를 한 후 새로 투입된 인물이나 욕망이나 행동이 변화된 인물 또는 주요 등장
인물에게 시 형식으로 편지를 써봅시다.

잃었던 우정

기본 내용 파악하기 〈잃었던 우정〉을 읽고 아래의 질문에 답해 보자.

1   소설을 읽고 나서 떠오르는 질문을 적어봅시다. 이해가 되지 않았던 내용, 의문점, 인물의 심리나 소설의 핵심 파악에 필요하다고 생각되는 내용 등을 질문으로 만들 수 있습니다. 질문을 만든 후 나름대로 답을 적어보세요.

1) 질문 :

답 :

2) 질문 :

답 :

2   소설을 읽고 나서 어떤 느낌이 들었나요? 그 이유는 무엇인가요? 이야기의 배경, 분위기, 전개 과정, 인물의 심리 등과 관련하여 느낀 감정이나 떠오른 생각을 적어 봅시다.

3   1)~2) 중 하나를 선택하여 소설의 플롯을 분석해 봅시다. (단, 장면 수는 줄이거나 늘릴 수 있다.)

1) 소설의 주요 장면을 선정하여 그림(만화)으로 표현하기

```
┌────────────────────────────────────────────────────────┐
│                                                          │
│                                                          │
│                                                          │
│                                                          │
│                                                          │
│                                                          │
│                                                          │
│                                                          │
└────────────────────────────────────────────────────────┘
```

2) 소설의 주요 장면을 선정하여 글로 설명하기

[1]	
[　]	
[　]	
[　]	
[　]	

◆ 소설 내용 중 가장 인상적인 구절(장면)을 찾아 옮겨 적고, 그 이유를 써 봅시다.

_____

_____

_____

4   이 소설이 전달하려는 콘셉트(메시지)는 무엇이라고 생각하나요? 한두 문장으로 표현해 봅시다.

_____

_____

길잡이 읽고 성찰하기 길잡이 '다시 찾은 우정'을 읽고 아래의 활동을 해 보자.

1 길잡이에서 가장 인상적인 부분이나 구절은? 그 이유는 무엇인가요?

_____

_____

_____

_____

_____

2 길잡이의 내용 중 자신의 생각과 다른 점이나 의문점이 있다면 적어 보세요.

_____

_____

_____

_____

_____

3 내가 작가라면 소설의 내용 중 어디를 바꾸고 싶은가요? 바꾸고 싶은 부분을 적고, 그 이유를 써 봅시다.

_____

_____

_____

_____

4   여러분의 삶에서 친구는 때로 부모보다 더 큰 자리를 차지할 것입니다. 청소년기는 부모님의 보살핌에서 벗어나 나 스스로 서서 타인과 대등한 관계를 만들어 가는, 의미 있는 존재로 거듭나는 시기이기 때문입니다. 지금까지 이어지는 여러분의 친구관계에서 ① 진정한 우정을 나눈 친구는 누가 있는지, 왜 그렇게 생각했는지 쓰고, ② 진정한 우정을 얻기 위해 극복해야 하는 것은 무엇인지 써 보세요.

5   소설을 읽은 후의 느낌을 바탕으로 작가나 등장 인물에게 하고 싶은 이야기를 편지 형식으로 써 봅시다.

소설 요소 분석하기 길잡이 '다시 찾은 우정'을 참고하여 소설의 내용을 더 깊이 이해해 보자.

1 '진정한 우정을 나누는 사이'라는 시각에서 볼 때, 등장인물들은 어떤 유형일까요? 이 소설을 드라마로 만들기 위해 시나리오 대본을 만든다면, 등장인물을 어떻게 소개할지 써 봅시다.

◆ 명희 :

◆ 숙자 :

◆ 승강기에 탄 여학생들 :

2 이야기 속 갈등과 관련하여 '명희'와 '숙자'의 생각 이면에 자리 잡은 욕망은 무엇일까요?

◆ 명희 - 아래의 질문을 참고하여 명희의 심리와 욕망이 드러나도록 내적 독백을 상상하여 써 봅시다.

- 명희의 처지는?
- 단짝인 숙자를 보고 느낀 감정은?
- 승강기에 탄 여학생들이 놀리는 것에 화가 났지만 말 한마디 하지 못한 이유는?
- 숙자의 마지막 편지를 받고나서는 어떤 마음이었나?
- 명희가 원하는 것은 무엇인가?

◆ 숙자 - 명희가 일하는 곳에 찾아간 이유는? 절교 편지를 받고 취한 행동은? 이것을 보았을 때 숙자에게는 어떤 욕망이 있는가?

3   문학은 그 사회를 반영한다고 합니다. 작품이 창작된 시대의 역사적·사회적 배경을 고려하여 등장 인물의 사고방식(가치관, 종교, 이데올로기, 정치 사상 등)에 대해 알아 봅시다.(책 뒤쪽 부록 참고)

4   위의 1~3번을 토대로 소설의 콘셉트(메시지)를 다시 써 봅시다.

소설 재창작하기 평화와 폭력의 관점에서 소설의 내용을 재창작해 보자.

1 1)~6) 중 하나 이상을 선택하여 이야기를 바꾸어 봅시다.

- 줄거리식의 간단한 서술보다 소설 속 장면처럼 구체적으로 표현할 것.

- 두세 가지의 조건을 합하거나 1)~6) 모든 조건을 합하여 재창작하는 것도 가능함.

- 이야기의 진실성을 드러낼 것, 황당무계하거나 개연성 없는 막무가내식의 이야기는 피할 것, 되도
  록 바람직하고 평화로운 결말을 맺을 것

1) 소설의 콘셉트를 바꾸어 보자.

2) 새로운 인물을 등장시켜 이야기를 바꾸어 보자.

　예 승강기에서 명희를 놀리는 아이들에게 화를 내는 친구가 등장한다면?

3) 등장 인물의 욕망이나 그의 행위를 바꾸어 보자.

　예 명희가 속상한 마음을 숙자에게 바로 고백했다면?

　　숙자가 승강기에서 더욱 적극적으로 아이들을 말렸다면?

4) 소설의 플롯을 바꾸어 보자.

- 앞의 기본 내용 파악하기에서 했던 플롯 분석을 바탕으로 장면 바꾸기, 장면 추가하기, 결말 바
  꾸기 등을 해 보기

5) 작품에 반영된 시대적 배경이나 사상을 바꾸어 이야기를 만들어 보자.

6) 소설의 서술자를 바꾸어 써 보자.

　예 전지적 작가의 시점으로 써 보기, 숙자의 입장에서 써 보기

2 　소설 재창작하기를 한 후, 왜 그렇게 바꾸었는지 이유와 바꾸어 쓴 소감을 적어 봅시다

하늘은 맑건만

기본
활동 **기본 내용 파악하기** 〈하늘은 맑건만〉을 읽고 아래의 질문에 답해 보자.

1 소설을 읽고 나서 떠오르는 질문을 적어봅시다. 이해가 되지 않았던 내용, 의문점, 인물의 심리나 소설의 핵심 파악에 필요하다고 생각되는 내용 등을 질문으로 만들 수 있습니다. 질문을 만든 후 나름대로 답을 적어보세요.

1) 질문 :

답 :

2) 질문 :

답 :

2 소설을 읽고 나서 어떤 느낌이 들었나요? 그 이유는 무엇인가요? 이야기의 배경, 분위기, 전개 과정, 인물의 심리 등과 관련하여 느낀 감정이나 떠오른 생각을 적어 봅시다.

3   1)~2) 중 하나를 선택하여 소설의 플롯을 분석해 봅시다. (단, 장면 수는 줄이거나 늘릴 수 있다.)

1) 소설의 주요 장면을 선정하여 그림(만화)으로 표현하기

2) 소설의 주요 장면을 선정하여 글로 설명하기

[1]	
[ ]	
[ ]	
[ ]	
[ ]	

◆ 소설 내용 중 가장 중요하다고 생각되는 구절(장면)을 찾아 옮겨 쓰고, 그 이유를 써 봅시다.

4   이 소설이 전달하려는 콘셉트(메시지)는 무엇이라고 생각하나요? 한두 문장으로 표현해 봅시다.

길잡이 읽고 성찰하기) 길잡이 '참다운 용기'를 읽고 아래의 활동을 해 보자.

1 길잡이에서 가장 인상적인 부분이나 구절은? 그 이유는 무엇인가요?

_____

_____

_____

_____

_____

2 길잡이의 내용 중 자신의 생각과 다른 점이나 의문점이 있다면 적어 보세요.

_____

_____

_____

_____

_____

3 내가 작가라면 소설의 내용 중 어디를 바꾸고 싶은가요? 바꾸고 싶은 부분을 적고, 그 이유를
써 봅시다.

_____

_____

_____

_____

4　여러분은 지금까지 살아오면서 거짓말을 한 적이 있나요? '정직'은 시대나 장소, 세대와 계층에 상관없이 누구나 소중하게 여기는 덕목입니다. 종종 우리는 자신에게 불리한 일이 있을 때나 난처한 상황을 벗어나야 할 때, 혹은 자기 보호나 이득을 취하려는 목적으로 거짓된 언행을 하는 경우가 있습니다. 내가 했던 거짓말과 그때의 마음이 어땠는지, 거짓말이 나와 주변인과의 관계에 어떤 영향을 끼치는지 생각해보고 성찰한 바를 적어봅시다.

5　소설을 읽은 후의 느낌이나 깨달음을 바탕으로 작가나 등장 인물에게 하고 싶은 이야기를 편지 형식으로 써 봅시다.

소설 요소 분석하기) 길잡이 '참다운 용기'를 참고하여 소설의 내용을 더 깊이 이해해 보자.

1   "진실을 드러내는 용기의 중요성'이라는 시각에서 볼 때, 등장인물들은 어떤 유형일까요? 이 소설을 영화로 만든다고 할 때, 주요 인물을 선정하고, 각 인물의 캐릭터를 설명해 봅시다.

◆ (   )

◆ (   )

◆ (   )

◆ (   )

2   이야기 속 갈등과 관련하여 '문기'와 '수만'의 생각 이면에 자리 잡은 욕망은 무엇일까요? 아래의 질문을 참고하여 문기와 수만이의 심리와 욕망이 드러나도록 내적 독백을 상상하여 써 봅시다.

문기
선생님에게 진실을 고백하러 갔을 때

수만
문기의 말을 믿지 않고 협박하여 돈을 받아냈을 때

3   문학은 그 사회를 반영한다고 합니다. 작품이 창작된 시대의 역사적·사회적 배경을 고려하여 등장 인물의 사고방식(가치관, 종교, 이데올로기, 정치 사상 등)에 대해 알아 봅시다.(책 뒤쪽 부록 참고)

◆ 인물의 사고방식이나 행동과 관련이 있다고 생각되는 사상은? 소설에서 어떻게 드러나고 있나요?

_____

_____

_____

_____

_____

_____

_____

4   위의 1~3번을 토대로 소설의 콘셉트(메시지)를 다시 써 봅시다.

_____

_____

_____

_____

1

1)~6) 중 하나 이상을 선택하여 이야기를 바꾸어 봅시다.

- 줄거리식의 간단한 서술보다 소설 속 장면처럼 구체적으로 표현할 것.

- 두세 가지의 조건을 합하거나 1)~6) 모든 조건을 합하여 재창작하는 것도 가능함.

- 이야기의 진실성을 드러낼 것, 황당무계하거나 개연성 없는 막무가내식의 이야기는 피할 것, 되도
  록 바람직하고 평화로운 결말을 맺을 것

1) 소설의 콘셉트를 바꾸어 보자.

2) 새로운 인물을 등장시켜 이야기를 바꾸어 보자.

 예 문기가 거스름돈을 잘못 받은 사실을 알고 있는 또 다른 인물이 등장한다면?

3) 등장 인물의 욕망이나 그의 행위를 바꾸어 보자.

 예 문기가 수만이의 협박에 대해 숙부와 미리 상의했다면?

  수만이가 의미욕망을 추구하는 아이였다면?

4) 소설의 플롯을 바꾸어 보자.

 예 문기의 자백을 들은 후, 관련된 주변 사람들이 보인 반응을 넣어 이야기 써 보기

  수만이의 양심을 깨우고, 문기와 수만이가 정상적으로 화목한 관계가 되는 이야기를 넣어 보기

5) 작품에 반영된 시대적 배경이나 사상을 바꾸어 이야기를 만들어 보자.

6) 소설의 서술자를 바꾸어 써 보자.

 예 수만이, 작은 아버지, 숙모 중 한 명의 입장에서 바꾸어 쓰기

2   소설 재창작하기를 한 후 새로 투입된 인물, 욕망이나 행동이 변화된 인물, 주요 인물 중 한 명에게 편지를 써 봅시다.

밤길

기본 내용 파악하기 〈밤길〉을 읽고 아래의 질문에 답해 보자.

1 소설을 읽고 나서 떠오르는 질문을 적어봅시다. 이해가 되지 않았던 내용, 의문점, 인물의 심리나 소설의 핵심 파악에 필요하다고 생각되는 내용 등을 질문으로 만들 수 있습니다. 질문을 만든 후 나름대로 답을 적어보세요.

1) 질문 :

답 :

2) 질문 :

답 :

2 소설을 읽고 나서 어떤 느낌이 들었나요? 그 이유는 무엇인가요? 이야기의 배경, 분위기, 전개 과정, 인물의 심리 등과 관련하여 느낀 감정이나 떠오른 생각을 적어 봅시다.

3　1)~2) 중 하나를 선택하여 소설의 플롯을 분석해 봅시다. (단, 장면 수는 줄이거나 늘릴 수 있다.)

　1) 소설의 주요 장면을 선정하여 그림(만화)으로 표현하기

　2) 소설의 주요 장면을 선정하여 글로 설명하기

[1]	
[　]	
[　]	
[　]	
[　]	

◆ 소설의 처음이나 마지막 부분에서 인상적인 구절(장면)을 찾아 옮겨 쓰고, 그 이유를 적어 봅시다.

4　이 소설이 전달하려는 콘셉트(메시지)는 무엇이라고 생각하나요? 한두 문장으로 표현해 봅시다.

길잡이 읽고 성찰하기) 길잡이 '무기력이 가져다 준 약자의 폭력성'을 읽고 아래의 활동을 해 보자.

1 길잡이에서 가장 인상적인 부분이나 구절은? 그 이유는 무엇인가요?

---

2 길잡이의 내용 중 자신의 생각과 다른 점이나 의문점이 있다면 적어 보세요.

---

3 소설의 전개 과정 중 바뀌었으면 좋겠다고 생각되는 부분은 어디인가요? 바꾸고 싶은 부분을 적고, 그 이유를 써 봅시다.

---

4   폭력적인 상황에서 '어쩔 수 없다'는 이유로 폭력을 방관하거나 동조한 일은 없나요? 여러분이 보거나 듣거나 직접 겪었던 일에 대해 쓰고, 그런 상황에서 문제를 평화롭게 해결하기 위해서는 어떻게 해야 하는지 방법도 적어 봅시다.

5   소설을 읽은 후의 느낌을 바탕으로 작가나 등장 인물에게 하고 싶은 이야기를 편지 형식으로 써 봅시다.

소설 요소 분석하기) 길잡이 '무기력이 가져다 준 약자의 폭력성'을 참고하여 소설의 내용을 더 깊이 이

해해 보자.

1 이 소설을 드라마로 만든다면 주요 인물은 누구로 선정할까요? 또 그 인물들은 어떤 캐릭터로
그려야 할까요? 인물의 성격과 역할을 고려하여 인물의 캐릭터를 설명해 봅시다.

◆ (   )

◆ (   )

◆ (   )

2 다음 내용을 바탕으로 등장인물의 행동과 생각 이면에 자리잡은 욕망은 무엇인지 찾아 봅시다.

◆ 황서방에게는 어떤 욕망이 존재하나요?

① 돈을 벌어 그동안 먹고 싶었던 음식을 사먹는데 다 씀.

② 자신의 잘못에 대해서 깊이 성찰하지 못하고, 도망간 아내에게만 책임을 떠넘김

◆ 권서방은 황서방을 어떻게 대했나요? 그의 행동에서 알 수 있는 욕망은?

① 아이들을 집으로 데리고 오자 권서방은 어떤 반응을 보였나요?

② 권서방은 왜 황서방에게 비오는 날 병든 아이를 묻으러 가자고 했을까요?

③ 아이를 묻고 슬퍼하는 황서방을 위로하기 보다는 잃어버린 고무신 한 짝을 아까워함.

3   문학은 그 사회를 반영한다고 합니다. 작품이 창작된 시대의 역사적·사회적 배경을 고려하여
등장 인물의 사고방식(가치관, 종교, 이데올로기, 정치 사상 등)에 대해 알아 봅시다.(책 뒤쪽 부록 참고)

4   위의 1~3번을 토대로 소설의 콘셉트(메시지)를 다시 써 봅시다.

소설 재창작하기 〉 평화와 폭력의 관점에서 소설의 내용을 재창작해 보자.

1 1)~6) 중 하나 이상을 선택하여 이야기를 바꾸어 봅시다.

- 줄거리식의 간단한 서술보다 소설 속 장면처럼 구체적으로 표현할 것.

- 두세 가지의 조건을 합하거나 1)~6) 모든 조건을 합하여 재창작하는 것도 가능함.

- 이야기의 진실성을 드러낼 것, 황당무계하거나 개연성 없는 막무가내식의 이야기는 피할 것, 되도록 바람직하고 평화로운 결말을 맺을 것

1) 소설의 콘셉트를 바꾸어 보자.

2) 새로운 인물을 등장시켜 이야기를 바꾸어 보자.

   예 주변에 도움을 주는 사람들(공사장의 일꾼들, 주인집의 하인 등)을 등장시키면 이야기가 어떻게 달라질까?

3) 등장 인물의 욕망이나 그의 행위를 바꾸어 보자.

   예 황서방이 아이를 묻으러 가기 전 자신이 할 행동을 한 번 더 성찰해 본다면?
   권서방이 의미 욕망을 추구한다면?

4) 소설의 플롯을 바꾸어 보자.

- 앞의 기본 내용 파악하기에서 했던 플롯 분석을 바탕으로 장면 바꾸기, 장면 추가하기, 결말 바꾸기

5) 작품에 반영된 시대적 배경이나 사상을 바꾸어 이야기를 만들어 보자.

6) 소설의 서술자를 바꾸어 써 보자.

   예 황서방의 입장에서 다시 쓰기, 새로 투입된 인물의 입장에서 다시 쓰기

2   내가 다시 쓴 이야기를 작가나 주인공에게 보낸다면 어떨까요? 이야기를 바꿔 써본 소감을 담아서 작가나 주인공에게 편지를 써 봅시다.

오몽녀

기본 내용 파악하기 〈오몽녀〉를 읽고 아래의 질문에 답해 보자.

1   소설을 읽고 나서 떠오르는 질문을 적어봅시다. 이해가 되지 않았던 내용, 의문점, 인물의 심리나 소설의 핵심 파악에 필요하다고 생각되는 내용 등을 질문으로 만들 수 있습니다. 질문을 만든 후 나름대로 답을 적어보세요.

1) 질문 :

답 :

2) 질문 :

답 :

2   소설을 읽고 나서 어떤 느낌이 들었나요? 그 이유는 무엇인가요? 이야기의 배경, 분위기, 전개 과정, 인물의 심리 등과 관련하여 느낀 감정이나 떠오른 생각을 적어 봅시다.

3   1)~2) 중 하나를 선택하여 소설의 플롯을 분석해 봅시다. (단, 장면 수는 줄이거나 늘릴 수 있다.)

1) 소설의 주요 장면을 선정하여 그림(만화)으로 표현하기

```



```


2) 소설의 주요 장면을 선정하여 글로 설명하기

[1]	
[ ]	
[ ]	
[ ]	
[ ]	

◆ 소설 내용 중 가장 인상적인 구절(장면)을 찾아 옮겨 쓰고, 그 이유를 적어 봅시다.

4   이 소설이 전달하려는 콘셉트(메시지)는 무엇이라고 생각하나요? 한두 문장으로 표현해 봅시다.

길잡이 읽고 성찰하기 길잡이 '짓밟힌 삶, 허망한 탈출'을 읽고 아래의 활동을 해 보자.

1 이 글에서 가장 인상적인 부분이나 구절은 무엇인가요? 그 이유는 무엇인가요?

2 길잡이 내용 중 자신의 생각과 다른 점이나 의문점이 있다면 적어봅시다.

3 내가 작가라면 소설의 내용 중 어디를 바꾸고 싶은가요? 바꾸고 싶은 부분을 적고, 그 이유를 써 봅시다.

4　여러분의 주변에는 오몽녀처럼 자신의 욕망을 채우기 위해 쉽게 거짓말을 하고, 남의 물건을 함부로 탐하는 친구들이 없나요? 그런 친구들의 삶을 평가해봅시다.

5　소설을 읽은 후의 느낌을 바탕으로 작가나 등장 인물에게 하고 싶은 이야기를 편지 형식으로 써 봅시다.

소설 요소 분석하기 길잡이 '짓밟힌 삶, 허망한 탈출'을 참고하여 소설의 내용을 더 깊이 이해해
보자.

1 등장인물들은 어떤 유형일까요? 이 소설을 연극으로 상연할 때 등장인물이 자신을 스스로 소개하는 장면을 넣고자 합니다. 주요 인물을 선정하고, 자신을 소개하는 내용을 써 봅시다.

◆ (   )

◆ (   )

◆ (   )

◆ (   )

2 다음 내용을 바탕으로 등장인물의 행동과 생각 이면에 자리잡은 욕망은 무엇인지 찾아 봅시다.

◆ 오몽녀에게는 어떤 욕망이 존재하나요?

① 좋은 반찬이라도 생기면 남편은 주지 않고, 혼자서 먹으며 미안해하지 않는다.

② 눈먼 남편을 습관처럼 속이고, 마음에 드는 물건이나 음식을 훔친다.

③ 자신에게 욕심을 내는 사람들로부터 자신을 보호하기 위해 그들의 필요를 충족시켜주고, 은근슬쩍 이익을 챙긴다.

◆ 지참봉은 오몽녀를 어떻게 대하나요? 그의 행동에서 알 수 있는 욕망은?

① 아홉 살 된 오몽녀를 점치러 다닐 때 길잡이로 삽십 몇 원에 사다 길렀음.

② 스무살 넘게 차이가 나는 딸 같은 오몽녀와 부부같은 생활을 함.

③ 남순사에게 돈을 받고 오몽녀와 남순사의 관계를 인정함.

④ 오몽녀를 사이에 두고 남순사와 갈등을 일으키다가 칼자루를 들고 싸움.

◆ 남순사는 오몽녀를 어떻게 대하나요? 그의 행동에서 알 수 있는 욕망은?

① 객보 안 한 죄로 오몽녀를 유치장에 넣었다가 자신의 숙직실에서 재움.

② 앞을 볼 수 없는 지참봉을 속여서, 오몽녀을 자주 만남

③ 지참봉 죽은 원인을 오몽녀에게 뒤집어씌우며 협박하여 첩으로 삼고자 함.

◆ 금돌이는 오몽녀를 어떻게 대하나요? 그의 행동에서 알 수 있는 욕망은?

① 자신의 배에서 도둑질을 한 오몽녀를 보고 큰 생선이 절로 잡힌 듯 즐거워함.

② 남순사와 오몽녀의 관계를 눈치채고 주먹을 떨었음.

③ 남순사의 위협을 피해 오몽녀를 데리고, 북쪽으로 감

3   문학은 그 사회를 반영한다고 합니다. 작품이 창작된 시대의 역사적·사회적 배경을 고려하여 등장 인물의 사고방식(가치관, 종교, 이데올로기, 정치 사상 등)에 대해 알아 봅시다.(책 뒤쪽 부록 참고)

4   위의 1~3번을 토대로 소설의 콘셉트(메시지)를 다시 써 봅시다.

소설 재창작하기) **평화와 폭력의 관점에서 소설의 내용을 재창작해 보자.**

1 1)~6) 중 하나 이상을 선택하여 이야기를 바꾸어 봅시다.

- 줄거리식의 간단한 서술보다 소설 속 장면처럼 구체적으로 표현할 것.

- 두세 가지의 조건을 합하거나 1)~6) 모든 조건을 합하여 재창작하는 것도 가능함.

- 이야기의 진실성을 드러낼 것, 황당무계하거나 개연성 없는 막무가내식의 이야기는 피할 것, 되도
  록 바람직하고 평화로운 결말을 맺을 것

1) 소설의 콘셉트를 바꾸어 보자.

2) 새로운 인물을 등장시켜 이야기를 바꾸어 보자.

   예 주변에 도움을 주는 사람들(오몽녀의 부모님, 마을의 지혜로운 어른, 학교를 다닌다면 선생
       님 등)을 등장시키면 이야기가 어떻게 달라질까?

3) 등장 인물의 욕망이나 그의 행위를 바꾸어 보자.

   예 오몽녀가 자기와의 솔직한 대화를 통해 자신의 삶을 성찰하고 반성하는 시간을 자주 가졌다면?
       지 참봉이 오몽녀를 친딸처럼 잘 돌보아주는 성숙한 어른이었다면?

4) 소설의 플롯을 바꾸어 보자.

- 앞의 기본 내용 파악하기에서 했던 플롯 분석을 바탕으로 장면 바꾸기, 장면 추가하기, 결말 바
  꾸기

5) 작품에 반영된 시대적 배경이나 사상을 바꾸어 이야기를 만들어 보자.

6) 소설의 서술자를 바꾸어 써 보자.

   예 오몽녀의 입장에서 다시 쓰기, 오몽녀를 어릴 때부터 보아온 동네 어른의 입장에서 다시 쓰기

2   내가 다시 쓴 이야기를 작가나 주인공에게 보낸다면 어떨까요? 이야기를 바꿔 써본 소감을 담아서 작가나 주인공에게 편지를 써 봅시다.

점검

기본 내용 파악하기 〈점경〉을 읽고 아래의 질문에 답해 보자.

1 소설을 읽고 나서 떠오르는 질문을 적어봅시다. 이해가 되지 않았던 내용, 의문점, 인물의 심리나 소설의 핵심 파악에 필요하다고 생각되는 내용 등을 질문으로 만들 수 있습니다. 질문을 만든 후 나름대로 답을 적어보세요.

1) 질문 :

답 :

2) 질문 :

답 :

2 소설을 읽고 나서 어떤 느낌이 들었나요? 그 이유는 무엇인가요? 이야기의 배경, 분위기, 전개 과정, 인물의 심리 등과 관련하여 느낀 감정이나 떠오른 생각을 적어 봅시다.

3 1)~2) 중 하나를 선택하여 소설의 플롯을 분석해 봅시다. (단, 장면 수는 줄이거나 늘릴 수 있다.)

1) 소설의 주요 장면을 선정하여 그림(만화)으로 표현하기

2) 소설의 주요 장면을 선정하여 글로 설명하기

[1]	
[ ]	
[ ]	
[ ]	
[ ]	

◆ 소설 내용 중 가장 인상적인 구절(장면)을 찾아 옮겨 쓰고, 그 이유를 적어 봅시다.

- - - - - - - - - -

- - - - - - - - - -

- - - - - - - - - -

4 이 소설이 전달하려는 콘셉트(메시지)는 무엇이라고 생각하나요? 한두 문장으로 표현해 봅시다.

- - - - - - - - - -

- - - - - - - - - -

길잡이 읽고 성찰하기) 길잡이 '강자들의 비열한 지배 방법'을 읽고 아래의 활동을 해 보자.

1 길잡이에서 가장 인상적인 부분이나 구절은? 그 이유는 무엇인가요?

2 길잡이의 내용 중 자신의 생각과 다른 점이나 의문점이 있다면 적어 보세요.

3 내가 작가라면 소설의 내용 중 어디를 바꾸고 싶은가요? 바꾸고 싶은 부분을 적고, 그 이유를
써 봅시다.

4   여러분의 주변에도 자신은 우월하다고 생각하여 자신보다 아래에 있는 사람들을 하찮게 여기면서 약자들을 비웃음거리로 만드는 사람들이 존재하지 않나요? 그런 사람들의 폭력에 어떻게 대응하는 것이 좋을까요?

5   멀리서 보는 사회가 아름답기 위해서는 그 속에 있는 작은 점점들의 경치. 즉, 친구와의 관계, 타인과의 관계 등 작은 것들이 아름다워야 멀리서 보았을 때 또한 아름다워집니다. 여러분 주변의 경치를 아름답게 만들기 위해서는 어떠한 노력이 필요한지 생각해 봅시다.

6   소설을 읽은 후의 느낌을 바탕으로 작가나 등장 인물에게 하고 싶은 이야기를 편지 형식으로 써 봅시다.

소설 요소 분석하기) 길잡이 '강자들의 비열한 지배 방법'을 참고하여 소설의 내용을 더 깊이 이해
해 보자.

1 이 소설을 이야기가 담긴 영상으로 제작하기 위해 콘티를 만든다면, 등장인물의 캐릭터는 어떻
게 그려야 할까요? 주요 인물을 선정하고, 성격과 역할을 생각하며 각 인물의 캐릭터를 설명해 봅시다.

◆ (   )
_____

◆ (   )
_____

◆ (   )
_____

◆ (   )
_____

2 이야기 속 갈등과 관련하여 등장인물들의 행동 이면에 자리잡은 욕망은 무엇일까요?

◆ 자신이 가진 물질적 요소로 다른 사람을 조롱하고 농락하는 서양인 부부의 행동에서 알 수
있는 욕망은 무엇인가요?

_____

◆ 배가 고파 과일의 껍질이라도 먹으려는 아이들에게 그 껍질을 흙바닥에 떨구어 발로 짓이겨
버린 어른의 행동에서 알 수 있는 욕망은 무엇인가요?

_____

◆ 백화점 게이트, 공원지기는 왜 아이를 내쫓았을까요? 그들의 행동에서 짐작되는 욕망은?

3   문학은 그 사회를 반영한다고 합니다. 작품이 창작된 시대와 사회적 배경을 고려하여 등장인물의 사고방식(가치관, 종교, 이데올로기, 정치사상)에 대해 알아 봅시다.(책 뒤쪽 부록 참고)

◆ 인물에게 영향을 준 역사적, 사회적 배경

◆ 인물의 사고방식이나 행동에 영향을 준 사상
(서양인 부부. 과일 껍질을 짓이긴 어른, 지카다비를 신은 시커멓게 생긴 어른, 백화점 게이트 보이, 공원지기, 순사)

4   위의 1~3번을 토대로 소설의 콘셉트(메시지)를 다시 써 봅시다.

소설 재창작하기   평화와 폭력의 관점에서 소설의 내용을 재창작해 보자.

1   1)~6) 중 하나 이상을 선택하여 이야기를 바꾸어 봅시다.

- 줄거리식의 간단한 서술보다 소설 속 장면처럼 구체적으로 표현할 것.

- 두세 가지의 조건을 합하거나 1)~6) 모든 조건을 합하여 재창작하는 것도 가능함.

- 이야기의 진실성을 드러낼 것, 황당무계하거나 개연성 없는 막무가내식의 이야기는 피할 것, 되도록 바람직하고 평화로운 결말을 맺을 것

1) 소설의 콘셉트를 바꾸어 보자.

2) 새로운 인물을 등장시켜 이야기를 바꾸어 보자.

　　예 아이의 아버지, 사회복지사 등이 등장한다면?

3) 등장 인물의 욕망이나 그의 행위를 바꾸어 보자.

　　예 황서방이 아이를 묻으러 가기 전 자신이 할 행동을 한 번 더 성찰해 본다면?

4) 소설의 플롯을 바꾸어 보자.

- 앞의 기본 내용 파악하기에서 했던 플롯 분석을 바탕으로 장면 바꾸기, 장면 추가하기, 결말 바꾸기

5) 작품에 반영된 시대적 배경이나 사상을 바꾸어 이야기를 만들어 보자.

　　예 현대, 복지국가를 지향하는 대한민국으로 배경을 바꾼다면?

6) 소설의 서술자를 바꾸어 써 보자.

　　예 아이의 입장에서 써 보기, 시커멓게 생긴 어른의 입장에서 다시 쓰기

2   소설 재창작하기를 한 후, 재창작한 작가로서 작가의 의도를 알려주는 내용을 담아 독자에게 편지를 써 봅시다.

이런 음악회

기본 내용 파악하기 〈이런 음악회〉를 읽고 아래의 질문에 답해 보자.

1 소설을 읽고 나서 떠오르는 질문을 적어봅시다. 이해가 되지 않았던 내용, 의문점, 인물의 심리나 소설의 핵심 파악에 필요하다고 생각되는 내용 등을 질문으로 만들 수 있습니다. 질문을 만든 후 나름대로 답을 적어보세요.

1) 질문 :

답 :

2) 질문 :

답 :

2 소설을 읽고 나서 어떤 느낌이 들었나요? 그 이유는 무엇인가요? 이야기의 배경, 분위기, 전개 과정, 인물의 심리 등과 관련하여 느낀 감정이나 떠오른 생각을 적어 봅시다.

3 1)~2) 중 하나를 선택하여 소설의 플롯을 분석해 봅시다. (단, 장면 수는 줄이거나 늘릴 수 있다.)

1) 소설의 주요 장면을 선정하여 그림(만화)으로 표현하기

2) 소설의 주요 장면을 선정하여 글로 설명하기

[1]	
[ ]	
[ ]	
[ ]	
[ ]	

◆ 소설 내용 중 가장 중요하다고 생각하는 구절(장면)을 찾아 옮겨 쓰고, 그 이유를 적어 봅시다.

_____

_____

_____

4 이 소설이 전달하려는 콘셉트(메시지)는 무엇이라고 생각하나요? 한두 문장으로 표현해 봅시다.

_____

_____

길잡이 읽고 성찰하기 길잡이 '집단 이기주의에 저항하기'를 읽고 아래의 활동을 해 보자.

1 길잡이에서 가장 인상적인 부분이나 구절은? 그 이유는 무엇인가요?

2 길잡이의 내용 중 자신의 생각과 다른 점이나 의문점이 있다면 적어 보세요.

3 내가 작가라면 소설의 내용 중 어디를 바꾸고 싶은가요? 바꾸고 싶은 부분을 적고, 그 이유를 써 봅시다.

4   소설 속에서 벌어지는 응원전처럼 편가르기는 멀리 있는 것이 아니라 늘 우리 가까운 곳에 있습니다. 학교에서도 나와 다른 생각을 가진 친구를 다른 편이라 생각하며 편견을 가지고 배척하는 경우가 많습니다. 내가 속한 또래 무리가 힘이 세다면 더욱더 상대를 제압하려는 이기적인 태도를 보이지요. 여러분의 학교 생활은 어떤가요? 그동안 학교 생활을 하면서 ① 편가르기를 한(당한) 경험은 없었는지, ② 집단의 이기주의로 편가르기가 발생할 때 어떻게 대처해야 하는지 적어 봅시다.

5   소설을 읽은 후의 느낌이나 깨달음을 바탕으로 작가나 등장 인물에게 하고 싶은 이야기를 편지 형식으로 써 봅시다.

길잡이 '집단 이기주의에 저항하기'를 참고하여 소설의 내용을 더 깊이 이해해 보자.

1 학교 생활을 소재로 한 드라마의 일부분으로 이 소설의 내용을 넣으려고 합니다. 황철이, 나, 친구들은 어떤 연기를 해야 할까요? 감독이 되어 각 인물의 성격과 역할에 대해 설명해 봅시다.

◆ (　　　　　)

_____

_____

◆ (　　　　　)

_____

_____

◆ (　　　　　)

_____

_____

2 등장인물의 행동과 생각 이면에 자리 잡은 욕망은 무엇일까요? 질문을 바탕으로 분석해 봅시다.

◆ 황철의 욕망은?

('황철'은 왜 응원대장을 자처할까? 응원대장을 자처하면서 '나'를 포함한 친구들에게는 어떻게 대하는가? '그저 시합엔 응원을 잘 해야 해!'라고 말한 것은 어떤 욕망 때문인가?)

◆ '나'의 욕망은?

('나'는 '황철'의 심리를 알고 있으면서도 왜 거절하지 못하고 응원대에 끼었을까? 응원에 대한 '나'의 생각은 어떠할까? 나중에 '황철'의 고기만두를 거절한 이유는?)

3   이 소설은 1936년에 발표된 작품이지만, 소설을 읽다보면 당시의 학생들의 응원 모습이 지금과 크게 다르지 않은 것 같습니다. 등장인물의 행동이나 중심 사건(음악회에서 벌어진 응원전)에 반영된 사고방식이나 사상은 무엇일까요?(책 뒤쪽 부록 참고)

4   제목 '이런 음악회'의 의미는 무엇일까요?

5   위의 1~3번을 토대로 소설의 콘셉트(메시지)를 다시 써 봅시다.

소설 재창작하기 > 평화와 폭력의 관점에서 소설의 내용을 재창작해 보자.

1   1)~6) 중 하나 이상을 선택하여 이야기를 바꾸어 봅시다.

- 줄거리식의 간단한 서술보다 소설 속 장면처럼 구체적으로 표현할 것.

- 두세 가지의 조건을 합하거나 1)~6) 모든 조건을 합하여 재창작하는 것도 가능함.

- 이야기의 진실성을 드러낼 것, 황당무계하거나 개연성 없는 막무가내식의 이야기는 피할 것, 되도 록 바람직하고 평화로운 결말을 맺을 것

1) 소설의 콘셉트를 바꾸어 보자.

2) 새로운 인물을 등장시켜 이야기를 바꾸어 보자.

  예 황철이에 대해 잘 알고 있는 선생님이 함께 동행한다면?

    응원대 중 나와 생각이 비슷한 친구나 혹은 음악을 진정으로 즐길 줄 아는 친구가 등장한다 면 응원전은 어떻게 바뀔까?

3) 등장 인물의 욕망이나 그의 행위를 바꾸어 보자.

  예 황철이가 스스로 왜 응원에 집착하는지 돌아보는 장면을 황철이의 내적 독백 형식으로 넣어 본다면?

4) 소설의 플롯을 바꾸어 보자.

  예 음악콩쿨 마지막 순서로 출전한 악사들과 관객과의 대화 장면을 넣는다면?(출전 동기나 결 과에 대한 소감 나누기, 관객의 질문에 답하기 등)

5) 작품에 반영된 시대적 배경이나 사상을 바꾸어 이야기를 만들어 보자.

  예 음악콩쿨의 관람 규칙에 응원으로 인한 소란스러움(집단 이기주의)을 방지하기 위한 조항이 있어 이를 안내, 강조하게 만든다면 이야기는 어떻게 변할까?

6) 소설의 서술자를 바꾸어 써 보자.

  예 새로운 등장인물이 서술자가 되어 이야기 다시 쓰기

2　소설 재창작하기를 바꾸어 쓰기를 한 후 새로 투입된 인물, 욕망이나 행동이 변화된 인물, 주요 인물 중 한 명에게 편지를 써봅시다.

태형

기본 내용 파악하기 〈태형〉을 읽고 아래의 질문에 답해 보자.

1 소설을 읽고 나서 떠오르는 질문을 적어봅시다. 이해가 되지 않았던 내용, 의문점, 인물의 심리 나 소설의 핵심 파악에 필요하다고 생각되는 내용 등을 질문으로 만들 수 있습니다. 질문을 만든 후 나름대로 답을 적어보세요.

1) 질문 :

답 :

2) 질문 :

답 :

2 소설을 읽고 나서 어떤 느낌이 들었나요? 그 이유는 무엇인가요? 이야기의 배경, 분위기, 전개 과 정, 인물의 심리 등과 관련하여 느낀 감정이나 떠오른 생각을 적어 봅시다.

3   1)~2) 중 하나를 선택하여 소설의 플롯을 분석해 봅시다. (단, 장면 수는 줄이거나 늘릴 수 있다.)

1) 소설의 주요 장면을 선정하여 그림(만화)으로 표현하기

2) 소설의 주요 장면을 선정하여 글로 설명하기

[1]	
[ ]	
[ ]	
[ ]	
[ ]	

◆ 소설 내용 중 가장 인상적인 구절(장면)을 찾아 옮겨 적고, 그 이유를 써 봅시다.

4   이 소설이 전달하려는 콘셉트(메시지)는 무엇이라고 생각하나요? 한두 문장으로 표현해 봅시다.

길잡이 읽고 성찰하기 길잡이 '극한 상황에서의 선택'을 읽고 아래의 활동을 해 보자.

1 길잡이에서 가장 인상적인 부분이나 구절은? 그 이유는 무엇인가요?

2 길잡이의 내용 중 자신의 생각과 다른 점이나 의문점이 있다면 적어 보세요.

3 내가 작가라면 소설의 내용 중 어디를 바꾸고 싶은가요? 바꾸고 싶은 부분을 적고, 그 이유를 써 봅시다.

4 아래 질문을 참고하여 ① '나'와 동료 죄수들이 '영원 영감'을 내몬 행위에 대해 평가하고, ② 학교생활에서 나(혹은 나와 나의 친구들)의 불편함을 해소하기 위해 약자를 소외시키거나 어려움에 처하게 한 적은 없었는지 성찰하고 깨달은 내용을 적어 봅시다.

- 감옥 안에 갇힌 사람들은 모두 우리 민족들입니다. 이들이 갇히게 된 이유는 무엇일까요?
- 만약, 영원 영감이 힘없는 늙은이가 아니라 젊은이였다면 어떻게 달라졌을까요?
- 열악한 감옥 환경을 만든 근본적인 잘못은 누구에게 있나요?
- 모두가 함께 살아남는 방법은 없었을까요?

_____

_____

_____

_____

_____

_____

_____

5 소설을 읽은 후의 느낌이나 깨달음을 바탕으로 작가나 등장 인물에게 하고 싶은 이야기를 편지 형식으로 써 봅시다.

_____

_____

_____

_____

_____

_____

_____

　길잡이 '극한 상황에서의 선택'을 참고하여 소설의 내용을 더 깊이 이해해
보자.

1　　이 소설을 단편 영화로 제작하려고 합니다. 홈페이지에 올릴 시놉시스에 인물 소개를 어떻게 해
야 할까요? 등장 인물의 성격과 역할이 잘 드러난 인물 소개글을 써 봅시다.

　　　◆ 나 :
　　──

　　　◆ 영원 영감 :
　　──

　　　◆ 감방 안의 죄수들 :
　　──

　　　◆ 간수, 일제 :
　　──

2　　각 질문을 바탕으로 등장인물의 행동과 생각 이면에 자리잡은 욕망은 무엇인지 분석해 봅시다.

　　　◆ 나

(내가 감옥 밖의 사람들을 보며 느꼈던 마음은? 동생을 보살피지 못하는 데서 생긴 슬픔은 '나'
에게 어떤 결심을 하게 했을까? 다른 죄수들을 선동하여 '영원 영감'을 감방 밖으로 내몬 행동
뒤에는 어떤 심리가 숨겨져 있는가?)

◆ 영원 영감

(감방 안에서 그의 위치(서열)는? 그가 감방 안의 죄수들의 말을 따른 이유는?)

```



```

◆ 감방 안의 죄수들 :

```


```

◆ 간수, 일제 :

```


```

3　　문학은 그 사회를 반영한다고 합니다. 작품이 창작된 시대와 사회적·역사적 배경을 고려하여 등장 인물의 사고방식에 대해 알아 봅시다.(책 뒤쪽 부록 참고)

◆ 인물에게 영향을 준 역사적, 사회적 배경

◆ 인물의 사고방식이나 행동에 영향을 준 사상은? 소설에서 어떻게 드러났나요?

4　　위의 1~3번을 토대로 소설의 콘셉트(메시지)를 다시 써 봅시다.

심화 활동 **소설 재창작하기** 평화와 폭력의 관점에서 소설의 내용을 재창작해 보자.

1 1)~6) 중 하나 이상을 선택하여 이야기를 바꾸어 봅시다.

- 줄거리식의 간단한 서술보다 소설 속 장면처럼 구체적으로 표현할 것.

- 두세 가지의 조건을 합하거나 1)~6) 모든 조건을 합하여 재창작하는 것도 가능함.

- 이야기의 진실성을 드러낼 것, 황당무계하거나 개연성 없는 막무가내식의 이야기는 피할 것, 되도록 바람직하고 평화로운 결말을 맺을 것

1) 소설의 콘셉트를 바꾸어 보자.

2) 새로운 인물을 등장시켜 이야기를 바꾸어 보자.

  예 죄수 중 누군가가 노인과 대화를 나누며 그의 마음(입장)을 이해한다면?

  해방될 날이 얼마 남지 않았다는 감옥 밖의 상황을 알려줄 가족이 등장한다면?

3) 등장 인물의 욕망이나 그의 행위를 바꾸어 보자.

  예 '나'가 자신만 신경 쓰지 않고 감방 안의 동족들의 입장도 생각하는 장면을 내적 독백의 형식으로 넣어 보자.

4) 소설의 플롯을 바꾸어 보자.

- 앞의 기본 내용 파악하기에서 했던 플롯 찾기를 바탕으로 장면 바꾸기, 장면 추가하기, 결말 바꾸기

5) 작품에 반영된 시대적 배경이나 사상을 바꾸어 이야기를 만들어 보자.

  예 감방 안의 사람들을 가해자와 피해자로 그리는 것이 아니라 함께 고초를 겪어온 민족의 동지로서 연대의식을 가진 사람들로 그린다면?

6) 소설의 서술자를 바꾸어 써 보자.

  예 주인공을 '영원 영감'으로 바꾸어 다시 쓰기, 다른 죄수의 시각으로 다시 쓰기

2 소설 재창작하기를 한 후, 이야기를 바꿔 써본 소감을 담아서 작가나 주인공에게 편지를 써 봅시다.

홍염

기본 내용 파악하기 〈홍염〉을 읽고 아래의 질문에 답해 보자.

1 소설을 읽고 나서 떠오르는 질문을 적어봅시다. 이해가 되지 않았던 내용, 의문점, 인물의 심리나 소설의 핵심 파악에 필요하다고 생각되는 내용 등을 질문으로 만들 수 있습니다. 질문을 만든 후 나름대로 답을 적어보세요.

1) 질문 :

답 :

2) 질문 :

답 :

2 소설을 읽고 나서 어떤 느낌이 들었나요? 그 이유는 무엇인가요? 이야기의 배경, 분위기, 전개 과정, 인물의 심리 등과 관련하여 느낀 감정이나 떠오른 생각을 적어 봅시다.

3 1)~2) 중 하나를 선택하여 소설의 플롯을 분석해 봅시다. (단, 장면 수는 줄이거나 늘릴 수 있다.)

1) 소설의 주요 장면을 선정하여 그림(만화)으로 표현하기

2) 소설의 주요 장면을 선정하여 글로 설명하기

[1]	
[ ]	
[ ]	
[ ]	
[ ]	

◆ 소설의 처음이나 마지막 부분에서 인상적인 구절을 찾아 옮겨 쓰고, 그 이유를 적어 봅시다.

4 이 소설이 전달하려는 콘셉트(메시지)는 무엇이라고 생각하나요? 한두 문장으로 표현해 봅시다.

길잡이 읽고 성찰하기 길잡이 '가해자와 피해자의 동반 몰락'을 읽고 아래의 활동을 해 보자.

1 길잡이에서 가장 인상적인 부분이나 구절은? 그 이유는 무엇인가요?

2 길잡이의 내용 중 자신의 생각과 다른 점이나 의문점이 있다면 적어 보세요.

3 내가 작가라면 소설의 내용 중 어디를 바꾸고 싶은가요? 바꾸고 싶은 부분을 적고, 그 이유를 써 봅시다.

4 학교에서, 교실에서 벌어지는 갑질이나 을질은 어떤 것이 있을까요? 여러분이 보거나 듣거나 직접 겪었던 갑질 혹은 을질에 대해 써 봅시다. 그런 상황에서 문제를 평화롭게 해결하려면 어떤 방법이 있을까요?

5 소설을 읽은 후의 느낌을 바탕으로 작가나 등장 인물에게 하고 싶은 이야기를 편지 형식으로 써 봅시다.

소설 요소 분석하기 길잡이 '가해자와 피해자의 동반 몰락'을 참고하여 소설의 내용을 더 깊이
이해해 보자.

1 주요 등장인물은 누구인가요? ○를 이용해 인물 관계도를 그려봅시다.

〈조건〉 ① ○에 해당하는 등장인물의 이름을 적을 것 (문서방, 인가, 용례엄마, 용례, 마을사람들)

② 사건에 미치는 영향력이 큰 인물은 ○를 크게 그릴 것

③ 인물들 사이의 관계를 표시할 것 (친밀하면 선으로 연결, 경쟁관계나 충돌하면 ↔,
정도가 약하면 점선)

④ 그림을 그린 후 인물의 성격과 역할에 대해 간단히 적어보세요.

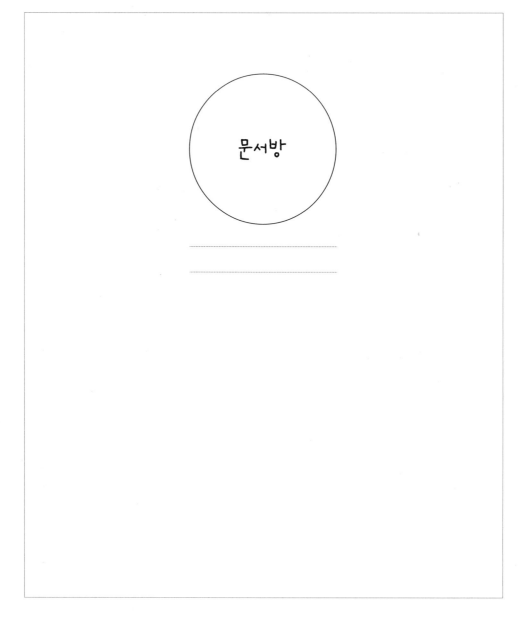

2　소설 속 주요장면에서 등장인물은 어떤 생각을 했을까요? 등장인물의 욕망이 드러나도록 내적 독백을 상상하여 적어봅시다.

인가	문서방
빚을 독촉하며 용례를 강제로 끌고 올 때	인가의 집에 불을 지르고 용례를 되찾아오기로 결심했을 때

3　문학은 그 사회를 반영한다고 합니다. 작품이 창작된 시대와 사회적 배경을 고려하여 등장인물 문서방, 인가의 사고방식(가치관, 종교, 이데올로기, 정치사상 등)에 대해 알아 봅시다.(책 뒤쪽 부록 참고)

● 인물에게 영향을 준 시대적, 사회적 배경

_____

_____

● 인물의 사고방식이나 행동과 관련이 있다고 생각되는 사상은? 소설에서 어떻게 드러나고 있나요?

_____

_____

4　위의 1~3번을 토대로 소설의 콘셉트(메시지)를 다시 써 봅시다.

_____

_____

_____

소설 재창작하기 ▸ 평화와 폭력의 관점에서 소설의 내용을 재창작해 보자.

1 1)~6) 중 하나 이상을 선택하여 이야기를 바꾸어 봅시다.

- 줄거리식의 간단한 서술보다 소설 속 장면처럼 구체적으로 표현할 것.
- 두세 가지의 조건을 합하거나 1)~6) 모든 조건을 합하여 재창작하는 것도 가능함.
- 이야기의 진실성을 드러낼 것, 황당무계하거나 개연성 없는 막무가내식의 이야기는 피할 것, 되도
  록 바람직하고 평화로운 결말을 맺을 것

1) 소설의 콘셉트를 바꾸어 보자.

  예 을의 폭력이 아니라 을들의 연대로

2) 새로운 인물을 등장시켜 이야기를 바꾸어 보자.

  예 이웃 사람 중 영향력 있는 인물을 등장시키거나 새로운 조력자를 등장시킨다면?

3) 등장 인물의 욕망이나 그의 행위를 바꾸어 보자.

  예 인가의 욕망을 바꾼다면?

4) 소설의 플롯을 바꾸어 보자.

- 앞의 기본 내용 파악하기에서 했던 플롯 찾기를 바탕으로 장면 바꾸기, 장면 추가하기, 결말 바꾸기

5) 작품에 반영된 시대적 배경이나 사상을 바꾸어 이야기를 만들어 보자.

  예 항일 의병들이 서간도로 조직적으로 망명했던 사실, 자치운동, 민족운동 등의 배경을 넣어
     바꾸기

     현대사회의 갑을 관계 반영하여 인가와 문서방 가족이 2018년 대한민국에 산다면?

6) 소설의 서술자를 바꾸어 써 보자.

  예 용례를 서술자로 바꾸어 다시 쓰기

_____

_____

_____

_____

_____

2　소설 재창작하기를 한 후, 재창작한 작가로서 작가의 의도를 알리는 내용을 담아 독자에게 편지를 써 봅시다.

▶ **익힘책의 목적**

이 책에서 제시한 소설 읽기는 궁극적으로는 평화역량을 키우는 것이 목적이다. 즉 소설 다르게 읽기를 통해 평화적 서사* 역량을 키움으로써 폭력적인 삶을 평화적인 삶으로 변화시키자는 것이다. 평화적 서사 역량이란 평화적 서사(이야기), 평화적 삶을 만들 수 있는 능력을 말한다. 아이들의 삶에는 이기심과 경쟁논리, 개인주의, 위선과 허세, 소외와 왕따 등과 같은 폭력적인 문화가 깊이 파고들어 있다. 평화의 가치를 깨닫기 어려운 교실, 강자와 약자 구도, 갑을 관계에 익숙해진 아이들에게 평화로운 관계를 형성하게 하고 평화와 공존의 가치를 내면화시키는 것은 절실한 교육의 목적이 되어 가고 있다.

평화 역량을 키우는 매개체로 소설을 선택한 것은 소설이라는 장르가 인간의 삶을 가장 잘 드러내기 때문이다. 물론 개개인의 삶만큼 생동감 있는 서사는 없을 것이다. 그러나 낱낱의 삶을 모두 수업의 대상으로 삼기는 어려우므로 삶의 서사를 가장 집약적으로 드러내주는 소설을 선택한 것이다. 소설 중에서도 학생들이 폭력적인 서사를 잘 파악하고 분석하여 삶에 적용해 볼 수 있는 작품을 주요 텍스트로 한다.

학생들을 평화를 만들어가는 주체로 키우기 위해서는 먼저 수동적이고 무비판적인 삶에서 벗어나도록 가르쳐야 한다. 폭력적인 소설을 단순하게 읽히기만 해서는 안 되고, 교육 내용과 학습 방법 역시 기존과는 다른 방식으로 접근해야 한다. 그래서 익힘책의 심화 활동에서는 기존의 틀에서 벗어난 새로운 소설 읽기 방식을 제안하고 있다. 이런 소설 수업이 지속적으로 이루어진다면 반드시

---

* 서사(敍事, narrative)란 어떤 사실을 있는 그대로 기록하는 글의 양식이자, 인간의 행위와 관련되는 일련의 사건들을 기록한 것이다. 그리고 허구를 포함한 이야기를 담은 언어 양식이다. 이보다 조금 더 넓은 범위에서 서사란 인간의 이야기 곧 인간의 삶을 의미한다고 볼 수 있다. 인간의 탄생부터 죽음까지 이야기로 이루어져 있고 살아가는 과정 자체가 한 편의 드라마와 같다. 세상이 이야기 즉 서사로 이루어져 있으므로 그 속에 사는 사람은 서사적 존재라고 말할 수 있다. (오탁번, 이남호, 『서사 문학의 이해』(고려대학교 출판부, 2017) 참고)

교육적 효과가 나타날 것이라 믿는다. 익힘책 활동을 통해 학생들은 타인에 대한 이해, 화목과 우정, 참여와 연대의 가치가 평화로운 삶에 필요한 것임을 깨달을 것이다. 그리고 현재의 폭력적인 삶을 평화적인 삶으로 바꿀 의지를 갖게 될 것이다.

▶ 심화 활동 자세히 알기

1. 심화 활동에서 제시하는 독서 방법은?

이제까지의 소설 읽기는 기존의 해설 · 비평서에 의존하거나 독자 중심의 감상 위주에 기대어 내용을 파악하거나 깨달음을 얻는 경우가 많았다. 이런 방식을 부정하는 것은 아니지만, 여기에 길들여지면 작품을 읽는 주체의 능동성, 비판적 의식, 창조적 상상력이 제한될 수 있고, 작품이 함의하고 있는 메시지를 놓친 채 표면적인 독서에 그칠 수 있다.

익힘책에서 제시하는 심화된 독서 방법은 이런 부분을 보완하고자 한다. 학생이 주체가 되어 스스로 작품을 분석하고, 의미를 찾아내어 해석해 보도록 독서 과정을 바꾸는 것이다. 그러면 무엇을 분석하고 무엇을 찾아내야 할까? 분석할 것은 소설을 구성하고 있는 요소들이다. 즉 인물, 사건, 갈등, 플롯, 배경, 사상(이데올로기)을 찾아내어 각각에 담긴 의미를 파악하는 것이다. 그 다음 분석한 내용을 토대로 작품의 콘셉트(메시지)를 찾는다. 문학이 작가가 작품을 매개로 독자와 대화하는 것이라고 본다면, 작품의 콘셉트는 작가가 독자에게 전하고자 하는 가장 핵심적인 메시지라고 볼 수 있다. 작품의 콘셉트를 찾는다는 것은 소설을 쓴 이유에 근접하는 행위이기도 하다. 작품을 분석하는 동안 학생들은 소설의 이면에 담긴 함축적 의미를 찾을 수 있을 것이고, 나름대로의 비판 의식도 갖게 될 것이다.

콘셉트까지 다 찾은 후 이어지는 활동은 이야기 재구성, 재창작하기이다. 이 활동은 '소설 요소 분석하기'의 결과를 토대로 평화적인 관점에서 소설 텍스트를 바꾸어 써보는 것이다. 다양한 상상력과 창조력을 토대로 평화로운 이야기를 만들어가는 동안 학생들은 수동적 객체에서 벗어나 능동적인 주체로 거듭나게 될 것이다.

2. 소설 요소 분석하기 : 평화와 폭력의 관점에 따라 소설의 구성 요소 분석하기

1) 인물의 유형(성격+역할) 찾기

① 성격

소설에서 인물의 유형 즉 인물의 성격과 역할은 매우 중요한 자리를 차지한다. 인물은 사건과 갈등의 핵심에 선 존재이며, 그의 내면 심리와 행위는 소설에서 그리고자 하는 세계를 가장 잘 구현하기 때문이다.

인물의 성격은 됨됨이, 인격, 성품 등을 말한다. 동서양을 막론하고 인간의 성격에 대한 범주화는 지속적으로 시도되었고, 심리학, 경영학, 조직이론 등에서도 여러 유형이 개발되었다. 그러나 이 모든 것을 고려하여 성격을 분석하기란 만만치 않은 일이다. 따라서 이 활동에서는 평화와 폭력의 관점에서 성격을 분석하는 것을 권한다. 성격에 대한 이해는 대인 관계 및 삶을 영위하는 데에 도움을 주므로 평화로운 관계 형성에 꼭 필요한 자질이다. 다만 성격을 고정적, 정태적인 것이라 판단하게 되면 변화 가능성을 가진 인간 존재를 외면할 수 있으므로 소설을 분석할 때도 이 점을 염두에 두어야 한다.

② 역할

인물의 역할이란 인물이 이야기에서 차지하는 비중을 말하는 것으로 사건이 전개될 때 인물이 수행하는 역할을 말한다. 예를 들어 주인공, 나쁜 사람, 도움을 주는 역할, 방해하는 역할처럼 플롯의 진행(이야기의 흐름)을 수행하는 담당자들을 가리킨다. 등장인물은 그의 역할을 수행함으로써 각 인물을 연결시키고 갈등을 유발하며, 그들의 행동에 직접적인 영향을 미친다. 그리고 그 행동들이 플롯에 영향을 미치게 되므로 역할과 플롯은 매우 긴밀한 관계를 맺고 있다고 볼 수 있다. 역할은 관계 속에서 형성되며 집단에서 차지하는 위치를 보여주므로 폭력과 평화의 관점에서 인물을 분석할 때 꼭 필요하다.

인물의 역할을 범주화한 것 중 프로프가 제시한 7가지 인물 유형이 있다.** 이것은 민담에 등장하는 인물들을 분석하여 분류한 것으로 이야기에서 인물의 유형을 따져볼 때 실마리를 제공한다. 이외에도 비극적/희극적 인물, 입체적/평면적 인물, 전형적/개성적 인물 등 여타 다른 범주도 존재하지만 이런 범주는 폭력과 평화의 관점에서 작품을 재해석하기에는 부족함이 있다. 그러므로 기존의 유형에 얽매이지 말고 다양한 방식으로 인물의 역할을 분석해 보길 바란다. 이야기의 흐름 속에서 인물이 차지하는 비중은?, 사건이 진행되거나 절정에 치달을 때 인물은 어떤 행동을 하는가?, 인물 간 갈등에서 그는 어떤 역할을 하는가? 등의 질문을 해보며 인물을 역할을 찾아보자.

2) 인물의 욕망 분석하기

갈등하고 선택하며 치열하게 살아가는 삶의 이면에는 모두 어떤 욕망이 존재한다. 이야기가 인간의 삶을 반영한 것이라면 이야기 분석에서 욕망에 대한 분석은 빠져서는 안 된다. 욕망은 인간의 관계 속에서 발생한다. 어떤 욕망을 품고 사느냐에 따라 삶의 질이 달라지고, 어떤 선택을 하느냐에 따라 누구는 평화롭게, 누구는 폭력적으로 살아가게 되는 것이다.

삶에는 여러 가지 다층적이고 다양한 욕망이 존재한다. 소설에서 이런 욕망들을 하나하나 분석

** 7가지 인물 유형은 이야기의 구조와 인물의 기능을 설명하는 데 여러 가지 단서를 제공한다. 그러나 근대 소설로 올수록 소설의 인물들이 더 복잡하고 다양해지면서 7가지 유형만으로는 역할을 다 설명하지 못하는 경우가 많아졌다.

①**적대자** : 가해행위, 주인공과 격투 혹은 그 외의 어떤 방식에 의한 싸움, 추적
②**증여자** : 주구(마법의 도구, 부적, 주문 등)를 증여하기 위한 예비 접촉, 주인공에게 주구를 줌 - 과학자형, 언변능숙형, 잔다르크형, 수완 좋은 활동가형 등으로 그려진다.
③**조력자** : 주인공의 공간 이동, 불행이나 결여의 해소, 추적으로부터의 구조, 난제 해결, 주인공의 변신
④**공주(찾아지는 사람)와 그 부친** : 난제의 부여, 낙인을 찍음. 가짜주인공의 정체를 폭로함, 주인공을 인지함, 두 번째 가해자에 대한 보복, 결혼, 여기서 공주와 그녀의 부친을 기능에 따라 엄밀하게 구별할 수는 없다. 딸과의 결혼을 요구하는 자에 대한 적대감으로 하여 난제를 부여하는 사람은 거의가 부친이며, 가짜주인공을 마음대로 처벌하는(혹은 처벌을 명령하는) 사람도 부친이다.
⑤**파견자** : 중개, 어떠한 요청이나 명령을 통해 주인공의 출발을 허락하거나 주인공을 파견시킨다.
⑥**주인공** : 탐색을 떠남, 증여자의 요청에 응함, 결혼, 최초의 기능은 탐색자형 주인공 특유의 것이며, 피해자형 주인공에게는 그것이 없고 단지 그밖의 기능을 수행할 뿐이다.
⑦**가짜주인공** : 탐색에의 출발, 증여자의 요청에 응함(늘 부정적인 태도로만 응함), 가짜주인공 특유의 기능으로서 부당한 요구를 포함한다.
(오시룡, 석혜정, 「3D 애니메이션의 캐릭터 유형 및 성격 분석 : 픽사의 애니메이션을 중심으로」(만화애니메이션 연구 통권 제9호, 한국애니메이션학회, 2005.), 블라디미르 프로프, 『민담형태론』 지민지, 2013. 참고.)

하기란 어려운 일이다. 대신 표면적으로 드러난 욕망의 저변에 어떤 근본적인 욕망이 자리잡고 있는지 찾아보는 것이 좋다.

욕망을 범주화한 것 중 많이 알려진 것이 매슬로우의 욕구 위계 이론이다. 매슬로우(A. H. Maslow)는 인간의 내부에 잠재하고 있는 욕구는 상대적 중요성에 따라 가장 기본적인 차원인 생리적 욕구에서부터 최고차원인 자기실현의 욕구까지 5단계의 계층을 이루고 있다고 주장하였다. 그 단계는 1단계 생리적 욕구, 2단계 안전·안정의 욕구(신체적, 감정적 안전), 3단계 사회적 욕구(관계, 애정, 소속감), 4단계 존경의 욕구(존재, 역할에 대한 인정과 관심), 5단계 자기실현의 욕구(재능, 기술의 표현, 개발, 삶의 보람과 의미) 등으로 구분한다. 이 범주는 인간의 욕구를 잘 설명하고 있지만, 사회적 존재로서 인간이 가지는 욕망을 설명하기에는 다소 부족하다.

사회적 관계를 맺고 사는 인간으로서의 욕망, 폭력과 평화의 관점에서 본 욕망을 분류하면, 인정욕망, 평화욕망, 의미욕망 이 세 가지로 구분할 수 있다.***

① 인정욕망은 사회적 존재인 인간에게 있어서 필수적인 욕망이다. 인간은 자기 정체성을 형성하는 과정에서 필연적으로 타인의 인정을 받으려고 한다. 스스로 원하는 것과 타인의 기대·평가의 긴장 관계 속에서 자기 정체성을 형성해가는 것이다. 삶에서 가장 기본적인 관계인 사랑과 우정조차도 타인의 인정(상호 인정) 속에서 이루어진다. 인정을 얻기 위해 하는 모든 행위와 삶의 방식 등 인정을 얻기 위한 과정을 인정 투쟁이라고 한다.

인정욕망은 선도 악도 아니지만, 어떻게 표출되느냐에 따라 선이 될 수도, 악이 될 수도 있다. 상호 인정받는 분위기 속에서 서로의 욕망이 충족되고, 나아가 집단의 평화와 화목까지 이루어진다면 이것은 긍정적인 인정욕망이라고 할 수 있다. 그러나 지배와 피지배, 억압과 복종, 허위와 위선 속에서 충족되는 욕망은 폭력적인 관계를 발생시키며 누군가의 삶을 파괴하기 때문에 부정적인 인정욕망이라고 볼 수 있다. 욕망의 주체인 인간이 인정욕망을 충족하기 위해 어떤 방법을 선택하느냐에 따라 평화가 올 수도 폭력이 올 수도 있는 것이다.

*** 인정욕망, 평화욕망, 의미욕망을 매슬로우의 욕구 위계 이론과 연관지어 설명하면, 인정욕망, 평화욕망은 결핍욕구인 생리적 욕구, 안전의 욕구, 애정 및 소속의 욕구, 자존의 욕구가 병립되어 있는 것이고, 의미욕망은 성장욕구인 인지적 욕구, 심미적 욕구, 자아실현의 욕구가 병립되어 있는 개념이다. 이 세 욕망은 인간의 관계에 의해서 발생하는 것이므로 위계적이라고 볼 수는 없다.

② 평화욕망은 평화롭고 화목한 세상을 추구하는 욕망이다. 폭력적인 삶 속에서 평화의 가치를 선택하고 고난을 극복하는 모습에서도 평화욕망이 드러난다. 평화욕망을 추구하는 개인이 많아질수록 집단은 평화롭고 화목해질 것이며, 평화로운 사회 속에서 추구하는 인정욕망은 공동체의 조화를 해치지 않는 선에서 표출될 것이다.

③ 의미욕망은 의미 있고 가치 있게 살고자 하는 욕망이다. 의미있는 삶이란 부정적인 인정욕망을 추구해서는 얻을 수 없는 것이다. 따라서 의미욕망은 바람직하고 평화로운 삶을 지향하면서 충족되어지는 것이고 이것이 그 사람의 인정욕망과 함께 표출되는 것이라고 설명할 수 있다.

사람마다 이 세 가지 욕망이 실현되는 모습은 다 다르다. 각각 욕망의 수준이 다르고, 욕망들이 차지하는 비중도 다르다. 예를 들어 어떤 사람의 의미욕망은 상대적으로 보통 사람들의 의미욕망보다 강할 수 있고, 인정욕망이 더 강한 사람이 있는가 하면 평화욕망이 더 강한 사람도 있을 것이다. 또한 실제로 사람들은 이 세 욕망을 의식할 수도 있고 의식하지 못할 수도 있다. 그러나 평화욕망과 의미욕망이 상실된(부재한)것처럼 보이는 사람들마저도 마음의 밑바닥에서 평화와 의미를 부정하기 위해 노력한다고 보는 것이 옳을 것이다. 즉, 평화욕망과 의미욕망을 거부한다는 것은 평화욕망, 의미욕망이 존재하기 때문이라고 볼 수 있는 것이다.

같은 맥락에서 소설의 작가는 등장인물들의 인정욕망, 평화욕망, 의미욕망을 보여주기도 하지만 그러지 못하기도 한다. 작가가 의식적으로 그려 넣었든 그렇지 않든 이야기 속에는 인물의 욕망이 함축되어 있다고 볼 수 있다. 따라서 독자는 이것을 감안하여 인물의 욕망을 찾아봐야 한다. 인물의 욕망을 분석함으로써 폭력에 관계된 인정욕망의 양상을 파악하고, 평화욕망과 의미욕망을 실현하기 위한 방법은 무엇인지 생각해 보아야 할 것이다.

3) 플롯(이야기의 흐름) 분석하기

플롯은 작품 속에 있는 사건들의 배열을 말한다. 사건과 사건을 결합시킴으로써 원인과 결과를 생성해내고, 한 사건의 결과가 또 다른 사건을 발생시킬 수도 있도록 이야기를 연결하는 것, 이것이 플롯이다. 보통의 플롯은 이야기의 시작, 사건의 전개, 클라이맥스를 거쳐 결말에 이르도록 짜여 있다.

플롯 안에서 각 사건들은 유의미하게 연결되어야 한다. 유의미한 연결이란 무엇일까? 바로 작가의 의도에 따라 사건들을 배치하는 것이다. 작가는 자신의 의도(콘셉트, 메시지)를 효과적으로 전달하기 위해 사건들을 배치하고 연결시킨다. 마치 작곡가가 음악을 만들 때 최고의 감동과 음악적 효과를 위해 선율과 리듬, 강약 등을 배치하고 곡을 완성하듯이 말이다. 우리는 소설의 5단계(발단-전개-위기-절정-결말) 플롯을 절대적인 형식처럼 배워왔다. 그러나 모든 소설이 5단계를 따르지 않는다. 오히려 형식의 중요성보다는 작가의 의도를 드러내는 사건들의 관계와 그 의미에 주목해야 한다.

플롯 분석은 어떻게 해야 할까? 인물의 행위와 갈등, 그로 인해 발생한 사건은 플롯을 구성하는 주요 요소이다. 그러므로 플롯을 분석할 때는 작가가 가장 핵심적으로 배치한 사건과 갈등은 무엇인지, 어떻게 시작하고 해결하는지를 찾아내야 한다. 어떻게 클라이맥스에 오르고 결말에 도달하는지, 갈등의 상승과 하강 후 마무리는 어떻게 하는지 등을 생각하면서 그 과정에서 작가가 무엇을 말하고자 했는지를 파악해야 한다.

플롯 분석은 이야기(서사)를 메타적으로 보는 시각을 길러준다. 이야기를 창작하는 입장에 서서 작품을 보기 때문에 작가의 의도(콘셉트)를 파악하는 눈이 생긴다. 또, 이야기의 흐름을 분석하기 때문에 조금 더 넓은 시야를 가질 수 있어서, 이것이 소설 분석만이 아니라 실제 현실에서의 학교폭력 같은 사건을 해결할 때 전체를 통찰하는 안목을 길러줄 것이다.

4) 배경과 사상 분석하기

배경은 작품에 영향을 준 시대적 배경을 말한다. 즉 작품 창작에 영향을 준 시대적 특성, 작품 속에 반영된 사회적, 문화적, 역사적 배경이 작품의 콘셉트에 준 영향을 분석하는 것이다.

사상(思想)이란 보통은 인간들이 생활하면서 지니게 되는 세계관, 사회, 정치, 인생 등에 대한 일정한 견해나 생각 등을 총칭해서 부르는 말이다. 소설 분석에서 사상이란 앞의 개념과 함께 이데올로기를 포함한다. 그래서 넓은 의미에서 사상이란 사람들의 사고방식, 행동, 신념에 영향을 주는 사상, 세계관, 종교관, 가치관, 체제, 이념 등 다양한 사고 체계 혹은 인식 체계라고 설명할 수 있다. 일반적으로 동양 사상, 노장 사상 등 '~사상'이라고 하거나 '자유주의', '공화주의'와 같은 '~주의', '파시즘', '페미니즘' 같은 '~(이)즘'으로 일컬어진다. 또 사상적, 이념적 체계가 없더라도 삶에 큰 영향을 주는 '보수주의', '급진주의', '이기주의', '물질 만능' 등의 사고방식과 태도를 그대로 용어로 사용하기도 한다.

이데올로기, 곧 사상은 사람들이 사물을 지각하는 방식에 영향을 미치고, 사람들에게 문화적인 동질감을 느끼게 하며, 사람들의 정체성을 형성하는 원천이 된다. 예를 들어, 현재 우리는 자유주의와 민주주의적 이념이 기본 요건인 사회에서 살고 있다. 개인이든 집단이든 사고방식과 행동에서 두 이데올로기는 매우 중요한 가치이자 규범이 되었고, 그것 없이는 삶을 논할 수 없는 지경이 되었다. 이처럼 소설 속의 삶을 논할 때에 사상을 빼놓을 수는 없는 것이다.

작가는 시대와 사상에서 벗어나서 살 수 없으며 그가 쓴 소설에도 반드시 그 시대적 배경과 사상이 반영되어 있기 마련이다. 작가가 의도했든 그렇지 않았든 간에 소설에는 작가의 사상과 신념, 정치 성향, 이념 등이 내포되어 있다. 우리가 작가가 살았던 시대와 작가의 인생과 사상에 대해서 모르고 소설을 이해하는 것은 그 소설을 반밖에는 이해하지 못한 것이라고 할 수 있다. 조금 더 깊이 있게 알기 위해서는 시대적 배경과 사상을 알지 않으면 안 된다. 그러나 현실적으로 다양한 시대적 배경(역사)이나 사상을 제대로 안다는 것도, 작가의 삶에 대해서 잘 안다는 것도 쉽지 않다. 그러면 어렵다고 시도조차 하지 않을 것인가? 그렇지 않다. 어렵지만 조금이라도 시도해 보는 것이 좋을 것이다. 왜냐하면 독자들이 소설을 쓰는 이유(즉 왜 이런 소설을 썼는가?)에 대한 답을 찾아야 하기 때문이다. 그래야 겉보기에 놓치기 쉬운, 소설 속에 숨어 있는 콘셉트를 알아낼 수 있을 뿐만 아니라 비판적 관점을 키울 수 있기 때문이다.

5) 콘셉트(메시지) 찾기

콘셉트란 소설의 주제를 '구체적으로 어떤 방향으로 풀어나갈 것인가'에 해당하는 개념이다. 즉 작가가 전달하려는 바를 구체적으로 형상화한 것, 콘셉트를 통해 작가의 메시지가 정확하게 드러난 것이라고 이해하면 좋을 것이다. 작가는 주제를 구현할 플롯이나 인물, 사건 등의 요소를 통해 콘셉트를 만든다. 즉 앞의 활동들이 선행되어야만 콘셉트를 찾을 수 있는 비판적, 종합적 사고가 가능하다는 것이다. 콘셉트는 되도록 구체적 의미가 담긴 한두 문장으로 표현하는 것이 좋다. 그래야만 작가가 말하고자 하는 바가 명확히 다가오기 때문이다.

3. 소설 재창작하기 : 평화와 폭력의 관점에 따라 소설의 내용 재구성, 재창작하기

가장 마지막 단계로서 소설의 내용을 다시 써보는 활동이다. 소설을 고정된 불변의 텍스트로 보는 것이 아니라 독자의 능동적 해석이 가능한, 열린 장으로 보고 독자가 작가가 되어 새로운 이야기로 바꾸는 것이다. 구체적으로는 인물의 유형, 욕망, 플롯, 배경과 사상을 분석하여 도출한 콘셉트를 숙지하고, 이를 바탕으로 소설 속에 그려진 폭력적인 세계를 평화적인 이야기로 재구성하고 재창작한다.

소설 텍스트에서 작가가 놓치고 미처 그리지 못했다고 생각되는 부분, 숨겨져서 드러나지 못한 부분, 잘못 그려졌다고 판단되는 부분, 왜곡된 부분 등을 찾아서 바르게 고쳐 본다. 그럼으로써 평화적인 이야기를 만들 수 있는 상상력과 창조력을 키우고, 소설 이면에 담긴 삶의 진실을 깨달을 수 있다.

◆ 재창작의 구체적인 방법

 1) 등장인물의 유형, 역할 바꾸기, 새로운 인물 등장시키기

 2) 인물의 욕망 변화시키기, 인물이 욕망에 대해 성찰하게 하기

 3) 플롯 바꾸기(결말 바꾸기, 갈등의 전개 과정 바꾸어 보기 등)

 4) 배경이나 사상 바꾸기

 5) 콘셉트 바꾸기

 6) 서술자 바꾸기(시점 바꾸기)

▶ 여러 가지 이데올로기 구체적 예시****

1. **가부장주의(가부장제)**　가부장이 가족에 대해 지배권을 가지는 가족 형태, 또는 그런 지배 형태. 가부장제의 가족형태에서는 가족성원이 세습적 규칙에 따라 지명된 개인의 지배를 받는데, 대개는 장남이 세습적으로 가장의 지위와 재산을 계승하여 안으로는 가족을 통솔하고 밖으로는 가족을 대표한다. 보통 가부장의 역할은 남성이 맡는 것이 사회적 관습이었지만, 현대 사회에는 남성뿐 아니라 여성도 그 역할을 담당하는 경우가 많아졌다.

2. **전체주의**　개인의 모든 활동은 전체, 즉 민족·국가의 존립·발전을 위해 바쳐져야 한다는 이념 아래 국민의 자유를 억압하는 사상. 개인의 자유와 존립이 어떤 집단, 사회 등의 지향과 맞지 않으면 배제, 소외시키고 억압하는 행위를 하는 사람을 파시스트라 칭하기도 한다. 나치즘, 파시즘도 여기에 속한다.

3. **군국주의**　군대의 힘으로 나라의 권력을 유지하며 군사적으로 다른 나라들을 위협하고 침략하는 정치 행태. 군사력에 의한 대외적 발전을 중시하여, 전쟁과 그 준비를 위한 정책이나 제도를 국민생활에서 최상위에 두고 정치·문화·교육 등 모든 생활 영역을 이에 전면적으로 종속시키려는 사상과 행동양식이다.

4. **민족주의**　민족에 기반을 둔 국가의 형성을 지상 목표로 하고, 이것을 창건, 유지, 확대하려고 하는 민족의 정신 상태나 정책 원리이자 이데올로기, 혹은 그런 운동을 말한다.

5. **민주주의**　국가의 주권이 국민에게 있고 국민을 위하여 정치를 행하는 제도, 또는 그러한 정치를 지향하는 사상. 귀족제나 군주제 또는 독재체제에 대응하는 뜻이다.

6. **사회주의**　인간 개개인의 의사와 자유를 최대한 보장하기 보다는 사회 전체의 이익을 중시여기는 사상과 태도. 인간은 사회 속에서 생활하며 공동체를 구성하고 살아가므로 사회 공동체의 이익을 우선시하고 개인의 자유는 제한될 수 있다고 본다.

7. **식민주의**　어떤 민족이나 국가가 다른 민족이나 국가를 지배하는 정책이나 방식. 근대적 식

**** 여기에서 제시한 것은 극히 일부분이다. 현대 사회는 더 다양하고 복잡해졌기 때문에 이 외에 더 많은 사상과 이데올로기가 있다.

민주의는 15세기 후반의 정치적·경제적 지배 현상을 말하고, 오늘날의 식민주의는 민족적 지배와 피지배, 그리고 정치·경제적 관계의 종속성 여부에 중점이 놓여 있다. 따라서 식민주의는 지배와 피지배의 관계를 뜻하는 폭넓은 의미로 사용되고 있다.

8. **공산주의**　사유재산제도의 부정과 공유재산제도의 실현으로 빈부의 차를 없애려는 사상. 오늘날 공산주의라고 할 때는 하나의 정치세력으로서 활동하고 있는 현대 공산주의, 즉 마르크스-레닌주의를 가리킨다.

9. **공화주의**　개인의 사적 권리보다는 시민으로서 갖춰야 할 덕을 강조하는 정치적 이데올로기. 시민들이 덕을 가지고 정치활동에 적극적으로 참여하고, 이 과정에서 공공선에 대한 헌신 속에서 개인의 자유가 실현되는 것을 중시한다.

10. **좌익**　정치사상의 경향을 나타내는 개념. '좌파'라고도 하며 '우익(우파)'와 대립되는 말로 쓰인다. 일반적으로 안정보다는 변화, 성장보다는 분배와 복지를 강조하는 경향을 지닌 정치사상이나 정치세력을 가리킨다. 급진적이거나 사회주의적·공산주의적인 경향, 또는 그런 단체를 말하는 것에서부터 시작된 용어이다.

11. **우익**　일반적으로 정치 및 사회 문제에 대해 변화보다는 안정, 분배와 복지보다는 성장과 경쟁, 평등보다는 자유를 강조하는 경향을 지닌 정치사상이나 정치세력을 가리킨다. 보수파·국수주의·파시즘 등의 입장과 맥을 같이 하기도 한다.

12. **보수주의**　급격한 변화를 피하고 현체제를 유지하려는 사상이나 태도. 진보주의에 대응하는 개념이다.

13. **진보주의**　사회의 모순을 변화와 개혁을 통하여 점진적으로 해결해 나가려는 사고방식. 또는 그런 경향이나 태도를 말한다.

14. **신자유주의**　국가권력의 시장개입을 비판하고 시장의 기능과 민간의 자유로운 활동을 중시하는 이론. 1970년대부터 케인스 이론을 도입한 수정자본주의의 실패를 지적하고 경제적 자유방임주의를 주장하면서 본격적으로 대두되었다. 신자유주의는 고전적인 경제적 자유주의보다 자유의 방임원리를 문화적·사회적 차원에까지 확장해야 한다고 주장하는 점에서 자유지상주의(libertarianism)로 불리기도 한다.

15. **페미니즘**　여성과 남성의 관계를 살펴보고, 여성이 사회 제도 및 관념에 의해 억압되고 있

다는 것을 밝혀내는 여러가지 사회적 · 정치적 운동과 이론들을 포괄하는 용어이다. 역사적으로 남성이 사회활동과 정치참여를 주도해왔기 때문에, 페미니즘은 여성의 권리를 주장하고 실현하는 것을 목표로 한다.

16. **남성중심주의**　남성과 남성의 관점이 인간 행동과 사고의 규범으로 작용하는 행태를 의미한다. 이러한 작용 하에서는 남성의 경험이 인류의 보편적 경험이자 역사로 인식되고, 여성과 여성의 경험은 규범으로부터 일탈한 것 혹은 예외적인 것으로 여겨진다. 남성중심주의는 남성이 무조건적인 특권을 갖는 가부장주의의 권력 구조와 들어맞는다.

17. **권위주의**　어떤 일에 대하여 권위를 내세우거나 권위에 순종하는 사고방식 또는 행동양식. 지배와 복종관계에서 지배자의 독단적 지배력이나 권위에 의해서 질서를 유지하려는 것으로 독재주의와 비슷한 개념으로 이해된다. 권위에 의해서 일방적이고 강제적으로 종적 지배관계를 형성하려는 질서원리로서 전근대사회에서의 가부장제(家父長制) · 신정정치(神政政治) 등은 권위주의의 전형이다.

18. **가족주의**　집단으로서의 가족을 개개의 가족성원보다 중시하고, 가족적 인간 관계를 가족 이외의 사회관계에까지 의제적으로 확대 적용하려는 주의. 가족주의 위주의 가족은 여성이 남성에 예속되고, 부부관계보다 부모와 자식의 관계가 중요시되며, 개인보다 집안을 우선하는 가부장적(家父長的) 가족으로 인식된다.

19. **국가주의**　국가의 이익을 개인의 이익보다 절대적으로 우선시키는 사상원리나 정책.

20. **자유주의**　개인의 자유와 자유로운 인격 표현을 중시하는 사상 및 운동. 사회와 집단은 개인의 자유를 보장하기 위해 존재한다고 본다.

21. **자본주의**　이윤 추구를 목적으로 하는 자본이 지배하는 경제체제. 사유재산제에 바탕을 두고 있다는 면에서 사회주의와 대립된다.

22. **실존주의**　19세기의 합리주의적 관념론이나 실증주의에 반대하고, 개인으로서의 인간의 주체적 존재성을 강조하는 철학사상.

23. **허무주의**　세상의 모든 진리나 가치, 제도 등이 아무런 의미나 가치가 없다는 주장이나 생각. 니힐리즘.

24. **쾌락주의**　쾌락을 가장 가치 있는 인생의 목적이라 생각하고 모든 행동과 의무의 기준으로

보는 윤리학의 입장. 근대에 와서 벤담은 여기에 사회적 관점을 도입하여, 공리주의의 입장에서 쾌락의 양적 차이에 바탕을 둔 최대 다수의 최대 행복을 주장하였다. 학생들 사이에서의 장난으로 인해 발생하는 갑을 구조, 약자에 대한 소외, 학교폭력 유발 등도 이런 쾌락주의적 사고방식과 통한다고 볼 수 있다.

25. **이상주의**   인생의 의의를 오로지 이상, 특히 도덕적 · 사회적 이상을 실현에 두는 입장. 관념론. 현실주의와 대립되는 개념이다.

26. **상대주의**   모든 가치의 절대적 타당성을 부인하고 모든 것이 상대적이라는 입장. 상대설(說). 절대주의와 대립되는 개념이다.

27. **생태주의**   산업 자본주의의 진전으로 인해 지구의 자연이 급속도로 오염되고 파괴되는 상황 속에서 인류가 범해 온 잘못과 미래의 대안을 제시하고자 일어난 생태 중심적 흐름을 의미한다.

28. **계몽주의**   이성의 힘과 인류의 무한한 진보를 믿으며 현존 질서를 타파하고 사회를 개혁하려는 데 목적을 두었던 시대적인 사상.

29. **봉건주의**   지배계급 내의 주종관계, 또는 씨족적 · 혈연적 관계를 기반으로 했던 통치조직인 봉건제도. 그 제도와 흐름을 같이 하는 사상이나 생각을 말한다.

30. **인종주의**   인종차별주의라는 말과 통하는 용어로, 개개 인종의 생물학적 · 생리학적 특징에 따라 계급이나 민족 사이의 불평등한 억압을 합리화하는 비과학적인 사고방식을 가리킨다. 인종주의는 흔히 민족적인 지배나 정복을 정당화하고, 개인의 헤게모니를 확보하기 위한 수단으로서 이용되기도 하였다.(관련 : 나치즘)

31. **합리주의**   비합리와 우연적인 것을 배척하고, 도리 · 이성 · 논리가 일체를 지배한다고 보는 주의. 이성(理性)주의. 비합리주의와 대립된 개념이다.

32. **낭만주의(로맨티시즘)**   19세기 초에 유럽을 휩쓴 예술상의 사조 및 그 운동.(고전주의와 합리주의에 반대하고 개성과 감정을 중시함).

33. **계급주의**   (철학) 역사 발전의 원동력은 계급 간의 투쟁에 있다고 보는 입장.(상층과 하층, 부자와 가난한 자 등의 투쟁.), 현대 민주주의 사회에서는 표면상 계급은 없지만, 갑질과 같은 폭력적이고 불평등한 관계가 발생하고 있다.